集英社オレンジ文庫

柊先生の小さなキッチン

～雨のち晴れの林檎コンポート～

高森美由紀

本書は書き下ろしです。

HIIRAGI-SENSEI's
small kitchen

もくじ

イラスト／pon-marsh

1章

薫風
夫婦茶碗の金色の傷

HIIRAGI-SENSEI's
small kitchen

盛岡《もりおか》市は高気圧に覆《おお》われて、澄んだ夕焼け空が広がっていた。

賑わう中央通りから一本路地を入った先に南を向いて建つ万福荘《まんぷくそう》。上下階合わせて四室しかない築二十数年の小さなアパートである。

五月も下旬の爽《さわ》やかな風に、西側に植わる桜がそよそよと青葉を揺らしている。

一階西側、一〇一号室のリビングで百瀬《ももせ》一葉《かずは》は二十センチ×四十センチくらいの木箱に十字にかかる紐《ひも》を解きにかかっていた。

柴系ミックスの久太郎《きゅうたろう》は、ローテーブルの向こうで伏せて、お気に入りのキュウリのぬいぐるみを振り回している。それを振り回すのが今の久太郎の職務なのだ。ゆえに本気である。縫い目は裂けるし綿は飛び散る。

「久ちゃん、そんなに頭ブンブンしたら、脳みそが端っこに寄っちゃうよ」

心配で声をかけると、久太郎はぬいぐるみをくわえたままぴたりと止まる。くっきりとした二重の奥の、上手に炊《た》けた黒豆のようにつややかな黒目でまっすぐに一葉を見つめた。それからキュウリをぼたりと落として、それをまたいでそばにやってきてお座りした。

笑顔のようなキュッと上がった口元は、久太郎の朗《ほが》らかな気質を表しているように見える。

「よく来たねえ」

そばに来ただけで一葉は褒める。褒められた久太郎は尾を振る。

一葉は愛犬の顔を両手で包んで揉《も》み込む。久太郎はパンの生地かうどんのように捏《こ》ねられても怒らない。

一葉が手を放すと、久太郎はくるりと踵《きびす》を返し、キュウリのもとまで戻って、自分がたった今まで取り組んでいた「職務」に戻る。

つけっぱなしのテレビから犬の声が聞こえると、久太郎は動きを止めて耳をぴんと立て注目する。犬の能力についての特番を放送中。警察犬、牧羊犬、猟犬《りょうけん》、介助犬、セラピー犬、病気を発見する犬までいる。

テレビの中の犬が吠《ほ》えると、首を傾《かし》げて聞き取るような様子を見せ、時に返事をしたりする。

一葉は木箱の紐を解いてふたを持ち上げた。

仕切り板をはさんで、透《す》かしの入った和紙に包まれた物がふたつ。

和紙を開くと、丸っこくて厚みがあってやわらかな乳白色の器《うつわ》が現れた。

勤務先の盛岡書店の帰り道に、立ち寄った器市でひとめぼれした物だ。

職人がひとつひとつ作ったそれは、純朴《じゅんぼく》で実直。温《ぬく》もりがにじみ出ている。両手で包んだ時に手にぴったりはまる丸み。触れること自体が楽しい。適度な重さは頼もしい。ごはん茶碗《ぢゃわん》としても、小鉢《こばち》としても、デザート用としても使えそう。

ひとり暮らしの一葉は、セット販売のそれをどうしようかと迷ったが、こういうのは一《いち》期一会《ごいちえ》。手頃な価格ではなかったが、思い切って買ってよかった。

「これで食べたら、なんていうか『ちゃんと真面目に生活してます』って気分になるかも。あ～でももったいないからちょっと飾っとこうかな」

「食べる」という言葉はこの世で最も美しい言葉のひとつだと認識しているらしい久太郎が、ぬいぐるみを放り出して、小走りに近づいてくると鼻を伸ばしてきた。

「久ちゃん、見て。綺麗《きれい》だねえ。この土の感じが渋くて実直な感じがして好き」

久太郎に見せると、くわえようとしたので、急いで引っ込める。

「あ、ダメダメ。これはね大切な物だから。ごめんね」

ローテーブルの上で携帯電話が鳴った。

一葉は器を和紙に包み直して木箱に収め、久太郎が届かないキャビネットの上に置くと、電話を手に取った。

画面には『マリーさん』の文字が光っている。

妹の双葉《ふたば》の結婚式以来会っていなかった母方の大叔母。すらりとした長身で、肌が抜けるように白く、目鼻立ちがくっきりしている彼女が、脳裏に浮かぶ。

出ると、年配者特有のかすかに震える声が、『一葉さんですか？』と呼んだ。震えていても、凜《りん》とした声の雰囲気は変わっていなかった。

「マリーさん！」

懐かしさに、一葉は背筋を伸ばして正座になる。

マリーはあだ名で、本名は真理《まり》である。藤原《ふじわら》真理。

「お久しぶりです、お元気でしたか」

『ええ、おかげさまで。あなたは？』

「私も元気です。どうしたんですか急に――いえ迷惑とかじゃなくて単純にびっくりして、どうしたのかなあって」

『髪を整えたいと思ったのですが、今までお世話になっていた美容院が閉まってしまって困っているんですよ。一葉さんいい美容院知りません？』

一本調子で硬い口ぶりは変わっていないが、話すスピードは以前よりゆっくりになっていた。

千葉県の美術関係の会社に勤めていたマリーさんは、三十代でそこを辞めて盛岡に帰郷したと聞いている。こっちに来てからは、盛岡駅からひと駅の大釜《おおかま》にある古い平屋の借家でひとり暮らしをしながら、市内の画廊に定年まで勤めた。

借家は田畑に囲まれ、裏には林があり雫石《しずくいし》川が流れている。家屋の南側には菜園があった。

土壁の家の中は段差だらけだし、戸は建てつけが悪い。北向きの薄暗い場所にお風呂とトイレ。お風呂は冷たいタイル貼りで、トイレは和式。冬は寒いし夏は暑い。いいところといったら、陽当《ひ》たりと、周囲に人家がないおかげで静かなことと、近所に気を遣わずにすむことくらい。

その家に初めて泊まりに行ったのは、一葉が小学三年生の夏休み。一年生の双葉も一緒だった。

好奇心いっぱいに家中見て回った双葉が、満を持して放った言葉が、なんでこんなとこ住んでるのーだ。一葉はこの妹を、勇者かバカのどっちだろうと本気で心配したものだ。

マリーさんは、冬は寒いし夏は暑い家だからいいんですよ、と泰然《たいぜん》と答え、艶《つや》のある飴《あめ》色の柱をぽんぽんと叩いた。

「戸がすんなり開いたら面白くないじゃないですか。私、お風呂場の水縹《みはなだ》色のタイルが好きなんです」

一葉なら薄い青であれば何でも水色と表現するところでも、マリーさんは細かな色の分類をした。

次いでマリーさんは、

「それに南向きにおトイレがあったら、居間は北向きになってしまうじゃないですか。おトイレが和式なら便座にお尻をつけずにすみます」

と淡々と説明した。

一葉と双葉は腑《ふ》に落ちたような落ちないような顔を見合わせた。

マリーさんの家にある物で一葉の気を引いたのは、夫婦《めおと》茶碗だ。いかにも昭和時代といった柄《がら》で、白地に水色――マリーさんに言わせると、白練り色に水縹色――の線が二本、どちらも口縁から高台《こうだい》にかけて広く欠け、その部分に金継《きんつ》ぎしてあった。

マリーさんは独身なのに、夫婦茶碗なんてどうするんだろうと一葉が思っていると、双葉が顎《あご》に指を当てて「ふたつもいらないよねぇ、ひとつだけでいいのにねぇ」とのたまった。

「セットで売ってただけですよ」

マリーさんはそう答えた。あまりにあっさりした答えで、一葉は逆に消化不良。妹は、ふうんと言って、あとはあっさり興味を失った。

マリーさんは、金継ぎをした夫婦茶碗をじっと見て、

「このお茶碗は分厚くて丈夫で、壊れても粉々にはならないんですよ。潔《いさぎよ》い割れ方をするので、金継ぎのしやすいことといったらないですね」

というようなことを言った。

口調は誉めているのに、茶碗に向けるまなざしは、しんと静かだった。

金継ぎは、漆《うるし》を使って器の欠けやひび、割れを直す方法だ。補修した漆の部分に、仕上げとして金粉をまぶすから、亀裂《きれつ》が金色に輝く。そうして無惨《むざん》な傷が、この世にふたつと

ない味わい深いデザインになる。

マリーさんは金継ぎをしながらささやくように言っていた。

「欠けたり、傷ついたりすることは悪いことじゃないんですよ」

その茶碗は、台所の食器棚の一番上の棚に、男雛《おびな》と女雛《めびな》のようにふたつ整然と並んでいた。

使っているのを見たことはない。一葉は、その茶碗はマリーさんにとって仏像のようなものなんだと認識しており、今もひそかにそう思っている。

マリーさんとの通話を切ると、一葉は改めてキャビネットの上の木箱に目を向けた。


盛岡は空が広い。

抜けるような青空に、薄い雲がひとつ浮かんで、数羽の小さな鳥が横切っていった。

マリーさんは、美容院に行く日を、一葉のシフトが休みの土曜日に合わせてくれた。

その日、一葉は少し早起きして、久太郎の散歩をすませ、パンと牛乳の朝食をとったあと、部屋中にハンディモップと掃除機をかけた。

手持ち無沙汰《ぶさた》な様子でついて回る久太郎に、試しに「久ちゃん、クッションをこうやってベッドの上に乗っけてくれる?」と、ひとつをやってみせると、久太郎は落ちているキユウリをかじってブンブン振り回し、これでいいですか? というようにくわえたまま一葉を見上げ目をキラキラさせる。強気の褒められ待ちだ。

「そうそう、ありがとう久ちゃん」

一葉は褒める。基本、息してたら褒める。

軍手をはめ、畳んだごみ袋を手に、西側の掃き出し窓から小さな庭に出た。

駐車場寄りに植わる桜の葉が、はるか遠くから渡ってくる風に心地よさそうに揺れている。

桜の周りの雑草をブチブチ抜いてガサガサとごみ袋に詰めていると、玄関ドアが開く音が聞こえた。

足音が、アパートの前を通ってやってくる。

「百瀬さん、おはようございます」

背後からの歯切れのいい挨拶《あいさつ》に振り向くと、お隣の一〇二の住人さん。

市内の高校で家庭科を教えている柊《ひいらぎ》爽太《そうた》だ。日の光の加減で赤銅《しゃくどう》色に変わる髪が、きめ細かな白い肌を際立たせる。奥二重の目、シュッと通った鼻筋、薄めの唇。品がいい顔立ちをしている。

彼は去年、万福荘に引っ越してきた。料理が得意な彼に、一葉は助けられた。いや、この住人たちも彼に助けられた。

一葉が挨拶を返すと、柊は「草むしりしてるんですか、お疲れ様です。ちょっとこっちを」と背後を軽く振り向いてから顔を戻す。「片づけたら、オレも手伝います」と申し出てくれる。

「手伝いなんてそんな、いいですよ。好きでやってるんで」

遠慮する一葉の傍《かたわ》らを、掃き出し窓から出てきた久太郎が通って、柊へ近づいていく。

柊はハッと肩を緊張させて「それじゃ」とそそくさと引っ込んだ。

久太郎は壁の角から向こうを覗《のぞ》き、こっちを振り向く。好奇心に満ちた目をしている。

それからするりと角を曲がっていった。

「あ、久ちゃん待って」

草むしりを中断して一葉が足を向けると、一〇二の玄関前に新聞紙を広げて、柊がザルに盛り上がった青々とした葉っぱをより分けていた。

久太郎が柊の手元に鼻を寄せる。柊は身を強張《こわば》らせ、あとずさろうとしたが、あえなく玄関ドアに阻まれた。

「山菜ですか?」

一葉は膝《ひざ》に手を置いて覗き込む。

「ええ。土つきの物は、外のほうがやりやすいですね。昨日、大家さんとバッタリ会って、いただきました」

大柄で派手な服装を好むおばちゃんが、パッと思い浮かぶ。

「あとで皆さんに配りますね」

「ありがとうございます。どこに生えてたんだろう」

「小岩井《こいわい》農場へ向かう途中の道端だそうです。昨日のうちに下処理しておけばよかったんですが」

柊は家庭科の授業のほかに担任も受け持っており、仕事を持ち帰ってくるほど忙しいらしいから時間が足りないのだろう。

「山菜って、処理が難しくないですか」

「あ、全然。重曹《じゅうそう》を入れて湯がくだけです。灰汁《あく》抜きはゼンマイと……これ、ワラビくらいかな」

山菜の山をかき分けて二種類を取り上げる。白くやわらかな毛が密生して、握り拳《こぶし》の形状をしているゼンマイ、穂先が茶色がかり、二、三股に分かれて、それぞれがくるんと丸まっているワラビ。

さらに一種類を掘り出す。アスパラに似ているが、それよりもひと回り細くてしなやか。

「この山アスパラはさっと茹《ゆ》でるだけで大丈夫です。味もアスパラに似てますよ。こっちは」

馬のたてがみのように茎に沿って三角の葉っぱが連なっていて、頭を垂らしているこごみ。

「クセがなく、コクがあって、わずかな甘味とほんのりとした苦味があります。これはサクッと揚げたてんぷらが一番ですね」

柊は選別しながら生き生きと話す。ひとが生き生きとしているのを見るのは好きだ。

一葉もマリーさんちに行った時に一度か二度、山菜に触れたことがあって大体知っていたが、口をはさまず、ふんふんと聞いていた。

彼の指先は山菜の灰汁で黒くなり始めている。

マリーさんも春は爪が黒かった、と思い出す。というか、菜園を世話したり金継ぎしたりするマリーさんは、ほとんど年中爪が黒かった。

説明を続けていた柊が顔を上げて、一葉を見てまばたきした。

「あ、すみません。話につき合わせてしまって」

「いえいえ勉強になります。先生はどこで山菜を学んだんですか？」

「実家です」

「そういえば、ご実家が洋食屋さんでしたね。山菜って使いますか？」

「うちでは使ってましたね。クリームパスタとか、グラタンとかに入れてました。味がぐっと深まって安定するんですよ」

「あっ。それはおいしそうですね」

おいしいという単語に耳ざとい愛犬が舌を出し尾を振って、足踏みする。足踏みしながら、じりじりと柊に近づいていく。

「い、犬も山菜って食べるんですかね」

ドアのせいであとがなくなった柊は、久太郎の隙《すき》を突いて、一葉の後ろに飛び込んで身を隠す。

「食べさせたことはないですが、キュウリを食べますからね、食べるんじゃないでしょうか。少なくとも、てんぷらとか炊き込みごはんとかにしたらきっと食べますよ」

その時、二階のドアが勢いよく開く音がした。

「書けなああああい」

外廊下の手すりに取りすがって大空に向かって絶叫する男。久太郎が顔を上げ、遠吠えする。

わおおおおおおん！

「からの～腹減ったあああ」

わおおおおおん！

見上げた柊が眉を寄せる。

「久ちゃん、ちょっと落ち着こうか、ね」

一葉は久太郎をなだめ、柊は手メガホンで二階に呼びかける。

「石原《いしはら》さん、石原さーん、はた迷惑ですから窓閉めてやってくれませんか石原さーん」

石原が見下ろした。二〇一に住まう小説家だ。

清々《すがすが》しい朝日を浴びたその顔色はくすんでいて、目の下はどす黒くくまができている。頬《ほお》はげっそりとこけ、そこにできた窪《くぼ》みが冗談のような丸い影をふたつ作っていた。無精ひげが生えた顎と喉仏《のどぼとけ》が皮膚《ひふ》を突き破らんばかりに尖っている。

彼は去年スランプに陥《おちい》り、東京から生まれ育った盛岡に戻ってきた。万福荘に住み始めた頃、追っかけてきた編集者に、書くまでは出さないと部屋に軟禁状態にされた。そんな中書き上げた小説はヒットしている。

その復活劇には、柊の作った豚の角煮が助けになったのだ。

石原は手すりに、くたびれた玄関マットのようにもたれかかりうめいた。

「柊くーん、なんか食わしてくれぇ」

「知りませんよ」

「ひどーい、オレが書けなくてもいいってのか」

「リンゴはどうしたんですか」

この小説家は、シャツにこすりつけるだけで調理不要、片手で即食べられ、水分と糖とビタミンを補給でき、ごみがほぼ出ず、一年中出回っているリンゴを主食としていた。

「とうとう買い置きを切らしてしまったのだよ」

「お気の毒に」

「死ぬかもしれないんだよ、センセー」

「葬式には出ますよ」

「今作ってくれたら、葬式には出ずにすむんだよ？」

「通夜にも出ます」

「柊君はアレかな、ほら、オレのこと嫌いだったりするのかな」

「私、作りましょうか」

　見かねた一葉が手を上げた。

「一葉ちゃんが!?」

「百瀬さんっ……分かりました、作りますよ何が食べたいっていうんですか、角煮ですか」

「ええっとぉ、短角牛《たんかくぎゅう》のフィレステー……」

　石原がひと差し指を顎に当てて思案する。柊の目から光が抜ける。

「やっぱり火葬に出席して見届けます」

「何を!?」

「こんがり焼けたのをじゃないですか？」

　そう言って眠そうな顔で石原の隣に立ったのは、二〇二号室の女子高生、蛯名佐知《えびなさち》。肩までの髪の、頭のてっぺんの毛が何かのアンテナのように立っている。Tシャツにパーカーを緩く羽織っていた。

母子家庭で、母親は看護師。忙しい母親の代わりに、家事は彼女が担《にな》っている。

「おはよう、さっちゃん」

一葉が挨拶する。佐知はおはようございます、と返してからじろりと石原に横目を向けた。

「やかましいです。こんな朝早く。世間のだいたいのひとはまだ寝てる時間なんですから静かにしてください」

柊は腕時計を見た。何時ですか、と一葉はたずねる。十時半になりますね、世間のだいたいのひとは元気に活動してる時間です、と柊が答える。

「あら、もうそんな時間ですか、行かなくちゃ」

一葉はエプロンの紐を解く。軽く化粧して、着替えなくちゃ。

「どこにです？」

「マリーさんが――大叔母が駅に来るので迎えに行くんです」

エプロンを丸める。

「何時待ち合わせなんですか？」

「ええと、十時五十五分に盛岡駅に着く電車で来るので、十一時頃です」

「徒歩だと二十分はかかりますね。乗せていきます」

「え。いいですよそんな。走れば間に合います」

「オレもそっちに用がありますから」

「あー、爽兄《そう》ってば過保護ー」

佐知が手すりにもたれて茶化す。柊は、学校では生徒たちに爽兄と呼ばれているらしい。

石原がたばこをくわえる。

「ちょっとくらい遅れたってどーってことないって。オレなんか何日遅れてると思ってんの」

「単位が日なんだ……」

佐知が引いている。

「原稿でしょ。石原さんと一緒にしないでください。あ、火ぃつけないで、蛯名がいるんですから」

生徒を煙から守ろうとして、止める柊。

「準備します」

一葉は急いで玄関に飛び込む。閉まるドアに久太郎が滑り込む。

ベースメイクだけをして、ハンガーに引っかけておいた白のシャツワンピースに、くるぶしのところで弛《たる》むレギンスに着替え、小さなリュックに財布や携帯電話などを詰め込む。

部屋を駆け回る一葉について、久太郎も忙しそうに走る。

「お留守番よろしくね」

玄関までついてきた久太郎の頭をなでて外に出た。

駐車場では、エンジンのかかった空色のコンパクトカーが道路に向かって待機中。そちらに足を向けかけた時、桜の根元に、雑草を詰めたごみ袋を放置していたことを思い出して、庭に取って返す。出がけにバタバタだ。

五月の風が吹いた。桜がザザァと潮騒《しおさい》のような音を発して揺れ、数枚の木の葉が散って、一葉の肩に触れた。

ごみ袋を手に、小走りでごみ置き場に運びコンパクトカーに引き返す。

運転席から柊が手を伸ばして助手席のドアを押し開けてくれる。

「すみません」

一葉は滑り込んだ。

「いいえ」

路地に出る。通行人や自転車をするすると避けて中央通りに出た。

急発進も急ブレーキも急ハンドルもなく、急とは縁遠い穏やかな走り方で二車線を行く。

運転上手だなあ、とハンドルに添える骨張った手に見惚《みと》れていると、

「さっき石原さんが、夕方『南部《なんぶ》』に集合って言ってましたよ」

柊は、バックミラーを確認して右方向へウィンカーを出す。

南部は、一葉の親友夫婦がやっている居酒屋だ。

「へえ。それはまたどうして？」

「なんですかあの、一回出した本をまた印刷して売り直すっていうか……その印税が入ったからみんなにご馳走《ちそう》するんだそうです」

「重版ですね。それはおめでたいです！　だからふるまってくれるなんて石原さん気前がいいですねえ」

「一葉さんの大叔母さんも誘ってって言ってました」

「あ、そうなんですね。分かりました伝えます」

そう答えたものの、あの大叔母が大勢での飲食に参加するかどうかは微妙だ。双葉の結婚式の時は教会の式に出たあと、披露宴には参加せず、過分なご祝儀を受付に渡して帰ったくらいなのだから。

盛岡駅東口のロータリーは混み合っていた。クルマやひとの往来が激しく、タクシー待ちの列も長い。滝の広場前にも、待ち合わせらしきひとたちがスマホを見ながら立っている。

時間はちょうど十一時。

クルマから降りて向き直り、ドアを閉める前に礼を言いかけると、

「あ」

柊が一葉の手をつかんで車内に引き戻した。助手席に落ちるように座る。急なことに面

食らっていると、

「肩になんかくっついてます」

「え」

柊が注視している自身の左肩を見た一葉は、飛び出しかけた心臓が喉に詰まったかのように息を詰まらせた。卒倒しなかった自分を褒めてあげたい。

オレンジと黒の二色の見るからに悪そうな毛虫が、全身を波打たせてのたりのたりと這《は》っているではないか。そのやけに力強い歩みの感触が、布一枚越しに分かる。

これが真っ青な青虫だったら、そこまで怖くはなかっただろう。可愛《かわい》いとすら思ったはずだ。ところがこれは毒々しいにもほどがある。数本ずつ束になった白い毛がボッ、ボッと等間隔に生えているのもおぞましい。さらなる恐怖をあおることに、とても大きい。葉っぱ以外の何かも食べていそうだ。何を考えているのか一心不乱に顔に向かってくる。

「これ、桜の木についているのを見たことがあります」

少し早口の柊。柊も虫は得意ではないのだろう、顔を強張らせている。

「なんでここに……」

「多分、風で落ちたんですよ」

出がけに桜の下に行ったことを思い出した。

心臓がバクバクバクバクと拍動する。

ど、ど、どうしたらいいのだろう。危機に直面した時は二択しかないという。逃げるか闘うか。ところが逃げようにもすでにつかまっちゃってるし、闘うなんてごめんこうむる。

柊はシートベルトを外して、後部座席に腕を伸ばす。ボックスティッシュから立て続けにティッシュを引き抜くと、助手席のヘッドレストをつかんで体を支え、身を乗り出す。

取ってくれるのだと気づいた。助かった。

一葉は上体をひねって、左肩を柊に向ける。

「じっとしてて」

一葉は身をすくめて素直に動きを止める。

分厚く重ねたティッシュを持つ手を伸ばしてくる。ほんのかすかなシトラス系の香りのする温《ぬく》もりが伝わってくると、毛虫をくっつけている状態であっても一葉は早々にホッとした。

毛虫をそうっとつまみ取る。ティッシュの角が震えている。

ふたり同時に顔を俯《うつむ》け、は～、と息を吐く。

柊の前髪が触れて、顔を上げた。焦点がぼやけるほどすぐ目の前に柊の顔があった。

一葉は、毛虫の時とは違う自分の強い鼓動を聞いた。たった今、安心したはずの柊の肌の香りに今度はくらくらしてくる。くらくらしながらも、毛虫に慌《あわ》てた自分がおかしくなってきて、一葉はくっと笑った。柊も息だけで笑う。その息が一葉の唇を温める。

こつん、と窓が鳴った。

ふたりがハッとしてフロントガラスに顔を向けると、痩《や》せた老婦人が白い日傘を手に、仁《に》王《おう》立ちで睨《にら》んでいる。

ふたりは飛び上がり、転がるように外に出た。

「ま、マリーさん、こんにちはお迎えに来ました」

「何を真っ昼間からやっているのですかっ」

「はい？」

「クルマの中で口づけするなんてあなた、よそ様の目に入るじゃないですか。場所と時間を考えなさい！」

ロータリーにいるひとたちが一斉にこちらに注目する。

一葉は周りの目を気にして、なだめにかかる。

「違……。そういうのじゃなくてですね……」

「毛虫がついてたので、取ったんです」

柊が一葉より幾分冷静に説明する。

マリーさんは一葉の傍らにいる長身の若者に視線を移した。しわが集まるまぶたの奥の目は厳しい。

柊は右手に毛虫包みティッシュを持ったままだ。一葉が注目しているのに気づいてその視線を辿《たど》り、自分の手を見た柊は投げ捨てようと浮かせる。が、ぐっと堪《こら》え、ぎこちない動きで制御し、横に下ろした。

マリーさんは一葉に向き直った。口元がすぼまっている。

「この方、未成年のようじゃありませんか、一葉さんこれは一体」

「二十五です」

柊が訂正する。

「あら、そうなんですか。それは失礼しました」

そっけない謝罪をするマリーさん。

「一葉さんの隣に住んでおります柊と申します。たまたま駅方面に用事があったのでご一緒させていただいたんです」

「乗せてきてもらいました」

一葉は言葉を添える。

「そうですか。姪孫《てっそん》がお世話になりました。一葉さん、お隣さんと言えども赤の他人なのですから、あまり甘えてはいけませんよ」

「甘え？」

顔がカアッと熱くなる。「いえ、ですからそういうのじゃ」

マリーさんはわずかに首を傾げる。眉間《みけん》に深い溝ができる。

その様子を見た一葉はピンときた。甘えるなというのは、適度な距離を保ちなさいという意味だったと。解釈を間違えたことに、さらに顔が熱くなる。

一葉は柊に向き直って礼を述べ、小声でマリーさんの誤解ときつさを謝った。柊は気にしてませんよ、とほほ笑む。

「その毛虫どうしましょうか」

「逃がします。潰すの苦手なんで」

一葉は首肯する。

「取ってもらった挙げ句にお任せしてしまって申し訳ないですが、お願いします」

それじゃあ、と柊はクルマに乗り込んでロータリーを出ていった。

「あの方はどういう方ですか？　何を生業《なりわい》とされてるの？」

五月の空と同色のクルマが見えなくなるとさっそく詰問するマリーさん。声が硬い。

「高校の先生で家庭科を教えてるんです。親切で、ごはんをご馳走してくれたり、お料理を教えてくれたりするんです。それと、同じアパートの二階に住んでる方たちも柊先生のお料理でスランプを抜け出せたり、お母さんとの関係を改善できたりして、何かと助けられてきたんですよ」

「――そうなんですか」

少し態度が軟化したが、への字口のまま。話だけでは納得し切れないようだ。

まあいいか。これから先、こっちに来る機会だってないわけじゃないんだから、その都度先生のいいところを目にすれば印象も変わるだろう、と一葉は見通しをつける。

「一葉さん、今日はよろしくお願いしますね」

マリーさんは丁寧に頭を下げた。

「こちらこそ」

相変わらずの眉間のしわを解こうともせずに軽く頷《うなず》く様子は貫禄《かんろく》すらある。

マリーさんは生成《きな》り色のブラウスに、モスグリーン色のフレアスカートを合わせ、足元は薄いベージュ色のパンプスを履《は》いていた。ステッキと見間違えそうなほど細くぴっちり巻いた白い傘を持ち、しっとりとした艶が乗る年季の入った革のカバンを肩にかけている。

白髪と黒髪が半々の割合の髪を櫛《くし》の筋目が立つほど抜かりなく整え、後ろでお団子にし、光沢のあるハンカチで包んでいる。初夏の光が注いでいるが、その髪に艶はない。

「美容院の前にどこかでお茶とか飲んでいきます？」

「いいえ、喉は渇いていません」

「じゃあ行きますか」

予約していた美容院MONANGE《モナンジュ》までは、一キロそこそこ。歩いても十分ちょっとだが、一葉はタクシーを呼びますか、と聞いた。

「歩きましょう」

マリーさんは傘を開く。内側に水色の糸で上品で清楚《せいそ》な花の刺繡《ししゅう》があしらわれている。

飲み会のことを切り出すチャンスをうかがいながら、繁華街に向かって歩き出した。

マリーさんはすっきりと背筋を伸ばし、肘《ひじ》を後ろに引いて肩にかけた革のカバンを握り、まっすぐ前を見据えて進む。膝はしゃんと伸びて、足の運びはしっかりしている。

「マリーさん、全然変わってないですね。前に会ったのは確か、妹の結婚式だったと思うんですけど」

二歳下、二十六歳の双葉は大学時代に結婚をして今二児の母親だ。

「そうでしたか。どのくらいになりますか」

「ええと……長女の真奈《まな》ちゃんが一歳になった時だから、四年前です」

マリーさんと目が合い、一葉は肩をすくめた。

正月や盆に実家に集まると、両親はふたりの姪《めい》っ子越しに、物言いたげに一葉を見ることがあったから、マリーさんに、お嫁にいかないのかなどと聞かれても不思議はない、と構えたが、マリーさんは再び正面を向いた。それきり、何も言わない。

マリーさんも独身だから、言わないのかな。そう推測した。

今は独身だが、結婚の経験はあるのだろうか。過去についてマリーさんは語らない。

開運橋《かいうんばし》を渡る。

何度か塗り替えてメンテナンスを繰り返してきたアーチを、マリーさんが感慨深げに見上げる。鉄骨の向こうに、すっきりとした形の岩手山《いわてさん》が見えた。

「この橋は、二度泣き橋と呼ばれていますね」

盛岡に赴任してきたひとが、遠くに来たなぁ、と橋の上で泣き、時がたって次の転勤先へ移らねばならなくなった際には、盛岡を去りがたくてこの橋の上で再び泣く、という意味でそう呼ばれている。

カラフルな幟《のぼり》がはためく菜園《さいえん》通りは、ひと通りが多い。飲食店からはおいしそうな匂いがあふれ出ていた。

「マリーさん、今日夕方まで時間ありますか？　アパートのみんなで会食をしようってことになったんですが、マリーさんもぜひ」

ひと息に誘うと、

「私は結構ですよ」

予想通り、あっさりと断られてしまった。

塾や不動産会社、保険会社の入ったビルが建ち並ぶ通りの交差点の向こう、雑居ビルの一階に、目的の美容院ＭＯＮＡＮＧＥが見えてきた。

手で押すタイプのガラスドアに「ＭＯＮＡＮＧＥ」と黄色い塗料で書かれてある。道路に面したはめ殺しの大きな窓の前の花壇では、色とりどりの花が咲いている。

ちょうど女性のお客さんが出てきて、助手の葵《あおい》さんが見送るところだった。その足元には猫がいて、大きなあくびをしている。

「こんにちは〜」

声をかけると、葵さんがこっちを見た。黒いエプロンに、白いパリッとしたブラウスがよく似合う。じょうろを持つ手が折れやしないかと心配なくらい細くて小柄。

「あ、百瀬さん！　こんにちは、いらっしゃい」

とびっきりの笑顔で迎えてくれる。

ドアを引いて中に案内してくれた。

「昇平《しょうへい》ちゃん、百瀬さんたちがお見えになったよー」

お店の中にも観葉植物がふんだんに飾られていて空気が澄んでいる。水槽の酸素ポンプの音と、シーリングファンがゆったりと回ってその風で竹のウィンドチャイムが揺れるカランコロンという小さな丸い音だけ。

まどろみを誘う雰囲気に満たされている。

マリーさんの視線が店内をなでる。特に何も言わない。

ケープを上下に振っていた男性が振り向く。美容師の上杉《うえすぎ》さん。葵さんとは夫婦だ。精《せい》悍《かん》な顔をして雰囲気が鋭いので緊張するが、腕は確かだ。

マリーさんが鏡の前の椅子《いす》に座り、一葉は後ろのソファーに腰を下ろす。猫がそばにやってきて、ソファーに飛び乗ると丸くなった。葵さんはソファーの並びのレジカウンターでタオルを畳み始める。

　上杉さんはマリーさんの髪を触って「もともとこの髪質ですか？」と妙なことを確認する。マリーさんは一瞬口ごもったが「ええ」と答える。

　どういう感じにしたいかをたずねられたマリーさんは、ショートヘアにして白い服に似合う色に染めてみたいとリクエストした。

　一葉は、マリーさんのショートヘアもカラーリングも未だかつて見たことがないので、どんな風に仕上がるのか楽しみで心が弾む。

　切られた髪の毛がケープをすべり落ちていくのに従って、マリーさんの表情が生き生きとし始めた。

　染める段階に入ると、昇平さんは葵さんに「オーガニックのやつ」と告げた。葵さんはマリーさんに視線を配り、それから後ろの棚を振り返って二種類のチューブを出した。

「一葉さんは染めたことがありますか？」

　鏡越しにマリーさんと目が合う。ないです、と答える。

「せっかくですから染めてみたらいかがですか？　気分が変わりますよ」

　マリーさんの髪と表情と雰囲気を見ていた一葉は、いつの間にか頷いていた。

　外に出ると暑かった。道路に落ちる影も濃い。それゆえ、切った毛先とすいた髪の間を抜ける風が心地いい。

葵さんと猫に見送られる。日傘を開きながら、いいお店でしたね、とマリーさんが許した。

「一葉さんはああいうお店の方とお知り合いで幸せですね」

顔はすっかり穏やかになっている。

携帯電話で時刻を確認すると、二時近い。

「ごはん食べましょうか」

提案すると、マリーさんは同意してくれた。

「疲れてません？　タクシーつかまえますか？」

「平気ですよ。何せ二時間以上も座っていたのですから、足が歩きたがっています」

飲食店街に入る。

マリーさんの髪は、一葉が見ても希望通りに仕上がったと思う。

顎の下でカットされた髪は動きが出て、頭頂部はふんわりと立ち上がっている。レイヤーカットの毛先にかけてシャープな印象が強くなる。

カラーは、上品な光沢のあるグレージュカラー。クールな灰色に、温かみのある茶色が顔を見せる。

お団子ヘアをぎっちり結んだ隙のないマリーさんしか知らない一葉は、つい見入ってしまう。

「マリーさんは、ずっとお団子ヘアのええと、自然な髪色のまま、変わらないのかと思っちゃってました」

「私もそう思ってましたよ。ずっと変わらない、と」

マリーさんは足を止めてショーウィンドウに映った自身の姿を覗き込んだ。

「とても素敵です」

一葉は心から述べる。マリーさんは照れることはない。ありがとう、と答えた。

「あなたも、悪くないですよ」

くるりと日傘を回すと、再び歩き出した。

一葉もガラスに映った自分に目を向ける。

書店員という接客業なので、明る過ぎないブラウンアッシュにしてもらった。

毛先に触れてみる。ふふっと照れ笑いを漏《も》らす。

悪くないと思う。似合ってるかどうかは別として、ささやかな冒険を悪くないと受け止められたことが何より嬉《うれ》しい。

そのガラス一枚向こうには、ウェディングドレスが飾られていた。遠ざかっていくマリーさんを見やる。足取りは軽やかだ。

一葉は追いかけて隣に並んだ。

「マリーさん、どこでごはん食べましょうか」

「そうねえ」

マリーさんはきょろきょろして、全国チェーンの喫茶店を指した。

「私、こういうお店に入ったことがないので一度、試してみたかったのです」

その店は入ってすぐにカウンターで注文して、さほど待たずに受け取り、好きな席に持っていくセルフスタイルの店である。

マリーさんは、レジカウンターの店員に「このカバンと傘を預かってくださる？」と差し出した。

レジのひとも一葉も戸惑ったが、すかさず小声で「マリーさん、ここはそういったお店ではなくて自分の席に持っていくスタイルなんですよ」と教える。

「あら、そうなんですね」

マリーさんは素直にカバンと傘を引っ込めた。

何を食べたいかたずねると、マリーさんがカバンからワイン色の眼鏡ケースを取り出して、老眼鏡をかけ、カウンターに貼られたメニュー表に顔を寄せたり離したりする。

「ああ、これこれこの」

と、写真を指し高らかに注文した。

「オカピをいただきたいわ」

それは動物の名前だが、きっとタピオカのことだろうと判断してあえて指摘せず、何味がいいかたずねる。

注文が決まると、好きな席に座るようマリーさんに伝える。自分で選ぶんですかとマリーさんは目を丸くしたが、それがここでのルールなのでしたら従います、とまっすぐ窓際へ行った。

一葉は支払いをすませ、ふたり分のタピオカミルクティーとハンバーガーのセットを持っていく。

「これ。食べてみたかったんです」

マリーさんはビニール袋に入ったおしぼりを手にする。開けようとするものの、ビニールがただただ飴のように伸びるばかりでちっとも裂けないので、一葉は代わりに開けてあげようとした。ところが一葉がやっても伸びるだけ。マリーさんが「あなた、昔から不器用でしたよね」と自分を棚に上げて呆《あき》れる。一葉は噴き出した。

ああそうだわ、とマリーさんは何かを思い出したらしくカバンをごそごそやって、ファンデーションのコンパクトのようなものを取り出した。

ふたつ折りのそれを開く。裁縫セットだ。

「マリーさん、それ持ち歩いてるんですか」

「たしなみです」

「たし……そうですか」

小さなはさみで、ふたつのおしぼりの袋を切り、ひとつを一葉にくれた。

丁寧に手を拭いたマリーさんは、おしぼりを畳んでテーブルの端に寄せる。それからサラダについてきたプラスチックのフォークの袋も切った。と、フォークがするりと手から抜け落ち、安っぽい音を立てて床で跳ねる。

一葉が拾おうとした時、マリーさんがすっと右手を上げた。関節がボコボコと出た長い四本の指がぴったり揃《そろ》っている。行儀のいい挙手である。

突然知り合いに気づいて合図でもしているのかと見回したが、誰もこっちに注意を払ってはいない。

一葉がなんだろうと思っていると、マリーさんも困惑顔をする。

「おかしいわね、お店の方いらっしゃらないわ。フォークを落としてしまったのに……」

「あ、マリーさん、ここはそういうシステムのお店じゃないの、替えてきますね」

一葉は拾って再びカウンターに行き、新しい物と交換した。

マリーさんはフォークを受け取りながら、ここは自由に歩き回っていいお店なのね、と理解したようだ。自由に歩き回っていいし自分で食べ物を運んできて自分でごみを捨ててトレイを返すんですよと教えると、やっぱり驚き、そして、なかなかいいですね、と肯定した。

マリーさんがタピオカミルクティーに挿さったストローを口に含む。

「気をつけてマリーさん。喉に詰まらせないでね」

一葉が注意を促《うなが》すと、マリーさんはきろりと視線を上げて、

「年寄り扱いするんじゃありません」

と言ってケホッとむせた。

おいしい、と感心したようにカップの側面から中身を興味深そうに確認して、「カエルの卵みたいなのに」と表現したので、一葉は口の前にひと差し指を立てて「しーっ」とたしなめねばならなかった。

フライドポテトにフォークを挿しながらマリーさんが言う。

「さっきの会食のお話ですけど、やっぱりご一緒していいですか?」

タピオカミルクティーを吸っていた一葉はむせた。胸を叩きながら、「ほんと?」と確かめると、

「ええ」

とマリーさんは頷いた。

熱心にハンバーガーのバンズをちぎって口に入れ、パテをフォークで切り分け、レタスをフォークで器用に折り畳んで、パテに重ね、口に運んでいく大叔母を眺める。

頭に王冠でも載っけているかのように背筋はピンと伸びており、前かがみになったり猫

背になったりすることはない。

余計なことを言って、気が変わったとなってはいけない、と、一葉は「楽しみですね」とだけ言った。

マリーさんは半分手つかずに残した。

「ごめんなさいね」

「私食べます」

昼食の時間が押したので、お腹《なか》はペコペコで、ひとセットじゃ物足りなかったのだ。

モリモリ食べる一葉を、「食欲旺盛《おうせい》っていうのは元気な証拠ですね」と好ましい目で眺めるマリーさん。今までそういう表情を見る機会はそうはなかったので、気分が浮き立つ。

そろそろ出ましょうか、とマリーさんが言い、レジへ向かうのを一葉は押し留める。

「精算はすませました」

一葉が先払いしていたと知って、またもやそのシステムに目を丸くしていた。

食事代を渡そうとしてきたが、一葉は断る。

「大丈夫です、これくらい」

マリーさんはしみじみと一葉を見た。

「あのちんまりした子が、食事をご馳走してくれるようになるなんてね」

あまりに凝視されるものだから、一葉は照れくさくて頭をかく。手に触れる髪の毛はふわふわサラサラして軽く、今の自分の気持ちばかりか、これから先の気分まで示してくれているようだった。

飲み会までまだ時間がある。マリーさんは盛岡城跡公園に行きたいと言う。

のんびりと向かう途中、昭和スタイルの洋品店の前で足を止めたマリーさん。

自動ドアを潜っていく。一葉も続く。

マリーさんはマネキンが着ているものに興味を持ったようだ。白地に、河童《かっぱ》のキャラクターがちりばめられているパジャマ。生地はさらさらとした肌触りで、やわらかい。

まさかとは思ったが、マリーさんはマネキンのそばに並べられている同じ柄のそれをレジに持っていった。

「マリーさん、それ……本気ですか」

レジのひとに聞き取られぬよう声を殺す。

「見ていたら元気が出てきました。不思議ですね。前はこういったものは目に入らなかったんですが」

ヘアスタイルを変えたからなのだろうか。だとしたら、美容院ＭＯＮＡＮＧＥさんのおかげだ。

「中心街にはめったに来ませんでしたが、個性的なお店があって楽しいわ」

マリーさんはパジャマが入った紙袋を革のカバンに収め、前向きな発言をする。

一葉はレジの前の回転ラックに下がっていたキュウリのぬいぐるみを求めた。

マリーさんに、そんな素《す》っ頓狂《とんきょう》なものをどうするのかという目を向けられる。マリーさんだってかなり素っ頓狂なパジャマ買ってるじゃないですか、という目で見返したが、くるりと踵を返しドアへ向かった大叔母に、通じたのかどうか定かではなかった。

九ヘクタール以上の広さを誇る盛岡城跡公園は、街中と打って変わって静かで落ち着いていた。野鳥の声がのどかに響いている。木陰《こかげ》が多く、清々しい風が吹き抜けていく。

並んで歩いていたはずなのに、いつの間にか前に出てしまった一葉は、歩みを緩めてマリーさんが追いつくのを待つ。

一葉が子どもの頃のマリーさんは、一葉が遅れるのも一顧だにせずスカートの裾を捌《さば》き風を切って歩いていたものだ。魚屋に行くだけなのに、凱旋《がいせん》のように見えた。一葉は遅れるたびに駆け寄った。マリーさんのもとへ駆け寄るのが、なぜか好きだった。

「カバン、持ちましょうか」

「どうもありがとう。ですが、自分で持ちます」

「遠慮せずに」

一葉はカバンを持ってあげた。

「自分の荷物くらい持てなくなっちゃおしまいですよ」

マリーさんは口を尖らせたが、奪い返しはしなかった。

盛岡市内を見渡せる本丸から、遊歩道を下ってくる。砂利《じゃり》の敷かれた広場に出た。古いブランコがある。

マリーさんはそれに腰かけた。一葉も隣のブランコに座る。チェーンは塗装が剝《は》げて錆《さび》に覆われていた。不安をかき立てられるくらい古びている。

マリーさんは懐かしいわね、と足で揺らす。キーキー軋《きし》み、錆がパラパラと降ってきた。

一葉は足元に落ちた錆をそっと踏み砕く。なんとなく、なかったことにしたかった。

公園から出て喫茶店に入り、抹茶《まっちゃ》とお団子を味わうと、そろそろ飲み会の時間が迫っていた。

そこから四分ほどのところにある南部に向かう。

歩きながら、南部は短大の時に知り合って以来ずっと親友である歩美《あゆみ》とその夫がやっている居酒屋だという情報をマリーさんに入れた。

口が少々やんちゃであるがいい子、という情報は迷った末開示しなかった。

小ぢんまりした飲食店が軒《のき》を連ねた細い路地を、ポリバケツの上で、香箱《こうばこ》座りをして目をつむっている猫を横目に入っていく。煙と甘辛いたれの匂いが溜まっていた。

居酒屋南部は、赤い提灯《ちょうちん》を温かく灯《とも》していて、格子《こうし》の引き戸の前に玉暖簾《のれん》を下げている。換気扇からはおいしい匂いが漏れ出ていた。

引き戸を開けると、一気に喧騒《けんそう》があふれ出す。

店の奥でテーブルをくっつけて飲み物を並べた五人が待っていた。

入り口に近い席に柊、その正面が大家、通路を背にした石原、その隣が佐知、佐知の母親。

「あ、一葉ちゃん来た、いらっしゃい」

六十前後の大家は市場の競《せ》り人のような声で迎えてくれた。立ち上がって手招きする。身に着けているものは、ペイズリー柄のロングTシャツに、ハイビスカス柄のレギンスという他の追随《ついずい》を許さない斬新な組み合わせ。きつくパーマをかけた髪は赤と茶色の中間色で、肩にかかるくらいの長さ。頑丈そうな四角い顔に全体的にむっちりとした肉づきで、Tシャツのお腹は堂々とせり出ている。口紅もアイラインも濃い。

壁側の空いている椅子ふたつを案内してくれる。

マリーさんに奥の椅子に座ってもらい、隣に一葉が着く。柊とははす向かいで、正面が石原となる。

マリーさんをみんなに紹介しようとした時、

「あらっ、藤原さんじゃないですかっ」

大家が笑顔で大きな声を出した。マリーさんもおや、という顔をする。

「まあっ。これはこれは、大家さんじゃありませんか」

大家は大釜のマリーさんが住む貸家も管理しているらしい。そこは大家の父親の時代からの物件だという。

「一葉ちゃんの大叔母さんだったんですか？」

「姪孫の一葉共々お世話になっております。奇遇ですね」

「まあ大家だの不動産屋なんてもんは、いくつかの物件をいっぺんに管理してるわけだからかぶることもありますわね」

じゃ揃ったところで、なんでも好きなのお食べなさい！　と石原がメニュー表を回してくれる。

歩美がカウンターから伝票とペンを手に出てきた。

大家と石原の前には、チューハイや吟醸《ぎんじょう》酒があったが、柊と佐知親子の前にあるのはソフトドリンク。さっちゃんは分かるけれど、柊先生と佐知の母親はどうして、と一葉が怪訝《けげん》に思ったのが顔に出たのか、柊が顔色の悪い痩せた小説家を指す。

「この顔色の悪い痩せた小説家さんが乗せてけって、駄々を捏ねたもんで」

「当たり前じゃん、一葉ちゃんだけ送ってもらえるなんて、そんなズルい話ないじゃない」

「私たちもクルマなので」

佐知の母親が言う。今日は非番とのこと。

去年のことだが、佐知の母親はある噂《うわさ》から柊を警戒していた。しかし噂の誤解は解け、柊のおかげで娘とのわだかまりも解消されたので、警戒は信頼に変わったようだ。

「さっちゃん、柊さんとこういうとこ来て、ほかの生徒さんに何か言われたりしないの?」

大家が純粋な疑問という風にたずねる。佐知は首を傾げた。

「うーん、今んとこないですね。そもそもみんな、こうやって来てること知らないと思います。あたしからは特に言い触らしたりしませんし。そもそも言い触らすほど友だちもいないですから」

「一対一じゃないいんだもん、OKっしょ。親同伴で大人数なら、町内組合の寄り合いと変わらないって」

と、石原。

「ほら、一葉ちゃんたち早く選んじゃって。腹減ったよ」

「はいっ。ええと、私、新じゃがのツナポテトサラダと山菜のてんぷらがいいです、マリーさんは?」

一葉はメニュー表の目についたものを頼んだ。大叔母は、なんでもいいですよ、と答える。

石原が、「だったらここからここまでお願いしまーす」とメニュー表の上から下までを手で指した。はいよっと歩美が威勢のいい返事をして、一葉に「あんた、いいお客さんと知り合いになってくれてありがとう」と肩を叩く。

「だいぶ変わってるけど」と佐知が口をはさむ。

「朝、叫ぶのが日課なんですから」

「まあ物書きなんてそんなもんでしょ、知らないけど。飲み物はどうしますか？」

佐知に笑みを見せて、歩美はマリーさんに向かって伝票を構え直す。

そうねぇ、とマリーさんが老眼鏡をかけてメニュー表を手にする。

近づけたり遠ざけたりしている彼女に、大家が「この大吟醸『鬼の手形』は辛口だけどね、燗《かん》にすると甘味と旨味《うま》が広がるんですよ。次の日にも持ち越さない、いい酒ですよ」とマリーさんに勧める。

マリーさんにお酒はどうだろう、ウーロン茶あたりを頼むんじゃないかなと一葉が予想していると、マリーさんは「ではそれをお願いします」と大家のお勧めに乗ったので、一葉は目を見開いた。

「マリーさん、お酒ですよ」

もしかして大吟醸が何か知らないんじゃないだろうか、と懸念した一葉は、そう諭すように伝えた。

「タピオカじゃないんですよ？」

全員が破顔した。

「知ってますよそれくらい」

マリーさんは澄ましている。

「マリーさん、お酒飲めるんですか？」

「直近では、画廊を定年退職するにあたっての送別会で飲んだことがあります」

　マリーさんが退職したのは十五年も前だ。

「それから飲んでないいんですか？」

「ええ、ひとりで飲んでも楽しくないですから」

　一葉はマリーさんの横顔を見る。マリーさんはまっすぐに顔を立てていつも通り凜としている。

　歩美が「じゃあ、長い休肝日《きゆうかんび》だったんですね。休み明けの熱燗、とびっきりおいしくつけます！」と明るく承《うけたまわ》った。

「一葉は？」

「ええと」

　この後、マリーさんを駅まで送りたい。

「ウーロン茶を。マリーさん、これが親友の歩美です」

「これが、一葉の親友です。初めましてマリーさん」

　歩美が自分を指して挨拶する。マリーさんもまた丁寧に返礼する。

「マリーさん知ってました？　この子ね去年大失恋食らったんですよ」

「歩美、余計なこと言わない」

「だけどほら」

歩美が柊を顎で指す。この子、仕草は雑だけど心根が優しいんですよ、と一葉はマリーさんに小声で訴えるが、歩美を見上げているマリーさんの耳に届いているかは定かではない。

「そこのイケメン先生が、死にかけのアラサーの胃袋をがっちりつかんで生還させたんです」

一葉が、口はやんちゃですが、この子優しいんですよと再びフォローする前に、

「この方は本当にあなたの親友なのですか」

と、マリーさんが真顔で一葉に問う。「死にかけなどとおっしゃってますが」

「とびっきりうまい熱燗一本！」

歩美がカウンターの内側で包丁をふるっている旦那《だんな》の勇《いさむ》に注文を通す。勇ははいよ、と徳利《とっくり》を手にした。

みんなも追加で注文する。

一葉は石原と佐知母子《おやこ》にもマリーさんを紹介した。マリーさんは非常に礼儀正しく、大家に挨拶したのと同じように頭を下げる。

「百瀬さん、髪染めたんですね」

柊は一葉に注目する。

「あ、はい。マリーさんに便乗しました」

照れくさく、華やいだ気分だ。

「似合ってます、とても」

それを聞いて、一葉はますます照れて顔をくしゃくしゃにする。

「え？　染めたの？」

きょとんとする鈍い石原。

「石原さん、あなたそれでよく小説なんて書いてられますね」

呆れる柊。

追加のビールやソフトドリンク、お通しが来た。ビールは岩手一関《いちのせき》産の山椒《さんしょう》を使った山椒ビールで、歩美が勧めるポイントとしては山椒の香りが強く爽やかでスパイシー、ほんのり柑橘《かんきつ》系の風味も兼ね備えている、とのこと。

「そうそう、柊さんから聞いたよ。一葉ちゃん、毛虫怖かったでしょう」

大家がその件について言及する。

「あ、ええと大丈夫です。柊先生が取ってくれました」

思い出したのであろう、マリーさんの眉毛が不穏に歪むのを一葉は視界の端にとらえ、語尾がしぼんでいく。

「これまで、あの桜の下で毛虫に出くわしたことはなかったです」

「今年は、毎年やってもらってる春先の防虫に来てもらえなかったんだよ。温暖化だとか何かそんな感じのアレのせいでさ。虫が大量発生したんだって、それでいつも頼んでる造園業者が大忙しだったらしくて。一回くらいやんなくたっていいか、と油断したのが間違いだったね。ほかが防虫を施したもんだから、いき場を失ったそこいら中の虫がしっかり集まってきたんだよ。でもさっき電話しといたから。一回断ってしまった手前、今回はほかを待たせてでも先にうちに来てくれるってさ」

「それは助かります。ありがとうございます」

「お礼を言うのはこっちだよ、いつも桜の世話をしてくれてるんだから」

大家が、マリーさんに「一葉ちゃんが草むしりとか落ち葉を片づけたりしてくれて助かってるんですよ」と一葉を持ち上げた。

マリーさんはわずかに目元を緩める。

「この子は昔からそういったことを黙々とやってる子でした」

そんななんでもないことを大叔母が覚えていてくれたことに、一葉の胸は温まった。

マリーさんの家に遊びに行っていた、九歳から学校生活が忙しくなる十二歳までの夏休みの日々が思い出される。

電車の窓に鼻をくっつけるようにして近づいてくる大釜駅のホームを見つめていると、直立不動で待っているマリーさんの姿が見え、顔がほころんだものだ。

古民家の居間で、掃き出し窓から吹き込む風の心地よさにうつらうつらしていると、窓がノックされる。網戸の向こうの縁台に、野菜が盛られたザルが置いてあった。日差しがそのひとつひとつに反射して眩《まぶ》しかった。

一葉は寝ぼけ眼《まなこ》をその光に射抜かれながら、網戸を開けてトマトだのキュウリだのを取り、シャツで拭いてそのままかじるのだ。それらは太陽を取り込んだかのように温かかった。もいだばかりのものは冷たくはないんだと知った。体に入るとすーっと馴染《なじ》んで消えていった。

雨が降ると、マリーさんは温かい紅茶を淹《い》れる。

梅や栗《くり》の木、クワ、トマトやキュウリの葉っぱを打つ雨の音は、耳を澄ますと葉によって音が違い、それが何重にもなって、奥深い調べとして聞こえてくる。紅茶の香りは、なぜか雨の日のこの古びた家によく馴染んでいた。

マリーさんは新聞紙を広げると、欠けた器を出してきて、老眼鏡をかけて金継ぎをした。湿度が高いと漆の調子がよく、金継ぎしやすいという。

息を詰めるようにして、欠けた部分に丁寧に丁寧に漆を塗っていく姿は、傷薬を塗っているようにも見えた。

金継ぎの時は、背中が丸くなった。

背筋をピンと伸ばして前を見据えているマリーさんも好きだったが、背中をやわらかく丸めて俯いているマリーさんも好きだった。

老眼鏡の下の真剣なまなざしも、関節の出た長い指で金粉をつけるのも好きだった。

「大切にしてるんですね」

一葉はかしこまって言った。

マリーさんは少しの間のあとで、

「大切にしているのは器というより……」

そこで、突然ボコンと大きな音が響き、一葉をビクッとさせた。会話が中断する。一葉は台所の方へ顔を向けた。音の発生源はステンレスの流し台である。熱いヤカンを置いたりすると一定時間を置いたのちに音を立てるのだ。

マリーさんに顔を戻すと、彼女は金継ぎに没入しており、続きを聞くことはできなかった。

金継ぎは漆を乾かす時間が必要で、完成するまでに一か月から二か月かかる。

塗り終えたものに見入っていた一葉に、マリーさんが呟《つぶや》いた。

「傷は一日では直らないんですよ。でも、傷つくことは悪いことじゃありませんよ」

次の年に遊びに行った時にはとうに直って、キラキラと神々しい金色の光を放って生まれ変わっていた。

マリーさんは早起きだった。一葉が目を覚ました時には、冬は柱や廊下を蜜蠟《みつろう》でせっせと磨いており、夏は菜園にいた。清潔な香りの朝霧が立ち込める菜園で、大きなザルを持ってトマトやキュウリをもいでいるのだ。声をかけると、腰をしゃんと伸ばしてこちらを振り向いた。霧に注ぐ光芒《こうぼう》を受け、淡い光を放っているマリーさんは、何とも絵になった。

朝食のメニューは決まっていた。

タンポポや、ヒメジョオンなどが、気泡入りの細いガラス瓶《びん》に飾られた食卓に、山の幸たっぷりの炊き込みごはんと、みょうがの味噌汁《みそしる》と、採れたてのトマトやキュウリ、バターたっぷりの卵焼き。冬には、味噌汁の実が玉ねぎと芋に、トマトやキュウリが漬物に変わった。

昼食は日によって変わるものの、たいていは麺《めん》類。中でも盛岡三大麺のひとつであるじゃじゃ麺の出番が多かった。平打ち麺の上に、肉味噌とキュウリ、長ネギが乗ったものである。ラー油やニンニクなどを加え、かき混ぜて食す。

夕飯は朝食のメニューに焼き魚か煮魚が加わった。

話は前後するが、初めて泊まった日。最初の食事である夕飯を見て、驚愕《きょうがく》したのは双葉。端から端までくまなく彼女の苦手なものだったから。

妹は無邪気さからくる向こう見ずな性質のまま、「嫌い」とはっきり訴えた。

それに対して、マリーさんは背筋を伸ばしたまま「そうですか」と静かに答えただけ。

あなたの苦手なものは分かりました。ですが、変える変えないはまた別のお話です、と平然としているのが、一葉にはおかしくて仕方なかった。

　また、双葉は金継ぎされた茶碗を見て顔をしかめた。

「こんなボロボロのお茶碗なんかで食べたくない」

「あなたが嫌なのでしたら、ご自分の好きな器で召し上がったらいいです。その棚にあります」

　マリーさんは澄ましている。

　マリーさんにすれば、双葉の意思を尊重しただけだと思うが、双葉は突き放されたと受け取ったらしく、下唇を突き出してむくれた。

　妹はそれ以降、マリーさんの家には行かなかった。


　山菜のてんぷら、ポテトサラダ、煮物、白金豚《はっきんとん》の冷しゃぶサラダと、三陸《さんりく》産うにの茶碗蒸しなどがテーブルを埋めている。

　マリーさんには熱燗と、土の風合いが残っている分厚いおちょこが出された。

「いい酒器ね、とマリーさんがしげしげと見ると、包丁を止めて勇が言った。

「あまり飲み慣れてらっしゃらないようなので、少しずつ口に入る厚めの小さな酒器にしました」

「あらまあ、ご親切にありがとうございます」

一葉が注いだお酒を口にしたマリーさんは、目尻にしわを寄せた。

「香りが口の中に広がって鼻に抜けていきます。甘いですね」

「冷だと酸味と辛味を強く感じるんですが、温めるとそれが甘味に変わるんです」

新じゃがのツナポテトサラダを口にしたマリーさんが、フルーティですね、酸味が穏やかです、とカウンターのふたりに向かって感想を述べると、歩美がそうでしょうとも、と頷く。

「それ、リンゴ酢を注《さ》したんですよ。女性のお客さんにももっと来てほしくて、柊センセーに相談したんです」

マリーさんは、柊をちらりと見る。昼間のクルマでのことが尾を引いているようで、そのまなざしからは険が抜けきらない。

「女性客なら、私に聞いてくれればいいのに」

一葉は、相談している場面に同席していた時と同じことを言って残念がる。歩美は笑った。

「聞けないわよ。あんたの料理は基本的に全部ぼんやりしてんだから」

その時と同じことを言われる。ぐぅと、唸《うな》る。一葉はマリーさんを振り向く。

「マリーさん、私料理が上手《うま》くなかったんだけど、柊先生に教わりながら少しずつやってるんですよ」

マリーさんは「あなたは不器用でしたからねえ」としみじみして、お酒を口に運ぶ。ぐうの音も出なくなる。

「藤原さん少食ですね。だからそんなに痩せてんですよ。もっと食べなくっちゃ」

マリーさんはポテトサラダと山菜のてんぷらを少し食べたきりだ。堂々たる体軀《たいく》の大家が取り皿に料理を盛り、マリーさんの前に置く。

「ありがとうございます」

礼を言うものの、箸《はし》は伸びない。

「ほら、一葉ちゃんも」

一葉の前にも置かれた。もうお腹に入らない。でも、せっかく勧めてくれているのに黙ったまま手をつけなかったら、角が立つと思ったので、

「昼にハンバーガーセットを自分の分とマリーさんが残したもの半分と、そのあとの抹茶とお団子、そこでもマリーさんの分も合わせて一・五人前を食べていたので、割とお腹がいっぱいなんです」

と弁解すると全員に、結構食べたね！　と驚かれた。

「山菜っておいしいんですか？」

佐知が聞く。

「まあっ食べたことありません？」

マリーさんが驚く。

「馴染みがなくて。スーパーで見かけることは見かけるんですが、キャベツとかほうれん草とか、どうしてもよく知ってるものを買ってしまいます」

佐知の母親が肩をすくめる。

「山菜は、胃を元気にしてくれる成分があるし、滋養強壮にいいですよ」

柊が教える。石原が箸を寝かせててんぷらを端からさらう。口に押し込む。鼻の穴を横に広げてかむ。

「って、石原さんは食べ過ぎです、どんだけ滋養つけるつもりですか、フルマラソンにでも出るんですか?」

「フルハラフオンなんはよ、書ふってほほわ」

「よくリンゴだけでフルマラソン臨めてますね」

ぐいっとビールで流し込む石原。

「だからたまに柊君のごはんだったり、こういう飯だったりが必要なんでしょ」

「書いてるんですか」

「バカ言うな。これから書くんだ」

はあっと渾身《こんしん》のため息をつく柊。

「書けないって言ってますけど、重版の収入があったら別に書かなくてもいいんじゃないですか」

佐知は残りのてんぷらを取りながら不思議がる。かじって、苦《にが》っと顔をしかめた。

「そうゆーこっちゃないんだよお嬢ちゃん」

石原がマリーさんの取り皿から唐揚げをつまみ取って大きく頬張り、箸を振る。

大家が炙《あぶ》ったするめにマヨネーズをつけ口に入れてから、石原のグラスにビールを注ぐ。

「結局あんたは書きたいんだよ」

「書きたいなんて、中二病じゃあるまいし、いい歳《とし》こいてかっこ悪くて言えねえじゃん」

「そういうこと言ってるそれこそが圧倒的中二病でしょう」

と、柊。

「そうそう。何がかっこ悪いのさ。それでおまんま食って家賃払ってるでしょうよ毎度あり」

石原が立ち上がり、隙のない気をつけの姿勢を取って「書きたいです！」と裏声で叫んだ。周囲の客までギョッとする。ポテトサラダをつまんでいる柊は顔も上げずに、いちいち動作が大袈裟《おおげさ》なんだよなあとぼやく。

クスクス、という笑い声が聞こえ、みんながそちらに注目した。

マリーさんが相好《そうごう》を崩している。いつも気張っていた目尻や、尖っていた眉が垂れている。口角は上がり、口の周りに優しいしわが集まっている。

「こんなに楽しく賑やかな食事をしたのは久しぶりです。一葉さん、こんな方々に囲まれて幸せですね」


九時少し前に、佐知母子は帰っていった。

マリーさんがうつらうつらしていたこともあり、十時に散会となった。

夜も十時になると盛岡の街はめっきり静かになり、空気が透き通り始める。

拓《ひら》けた通りまで、と歩美が見送りに出てきてくれる。

十歩もかからず渡れそうな短い横断歩道に差しかかった。歩行者の信号は赤だ。ひと通りはなく、思い出したようにクルマが通っていく程度。

信号を待っている一葉たちの向こうの歩道を、小柄でいじけたような猫背の男が、ガニ股《また》の千鳥足で歩いていたが、突然車道に足を向けた。

「こらっ」

それまで眠そうにしていたマリーさんが突然覚醒《かくせい》し、一喝した。

ひとの気配が薄まったビルに鋭く反響し、男が歩道と車道の境目に尻もちをつく。

「横断歩道でないところを、しかもそんな覚束《おぼつか》ない足取りで渡ろうなんて危ないじゃないですか！」

マリーさんの皮膚に刺さるような剣幕に、男は眠たげな目でまばたきする。

「何ぃ危ねえって？　クルマなんてほっとんど来ねえのに、横断歩道渡ろうが渡るまいが関係ねえだろ」

　ガサガサした声は、呂律《ろれつ》が回っていない。

　悪態をついた男の前をクルマがクラクションを鳴らして走り去る。クルマの陰から現れた尻もち男は顔を凍りつかせていた。

「横断歩道が生死を分けることがあるんです」

　マリーさんは毅然《きぜん》としていた。

　信号が青になる。一葉は左右を確認して小走りで横断歩道を渡り、男に手を差し伸べた。

　アルコール臭が鼻をつく。肌の色艶から四十代前半くらいかと見当をつけるも、姿勢を見て、もっといっているかもしれないと一葉は目算する。

　柊が渡ってくる。

　男は一葉の手を払いのけて立ち上がる。よろめいて一葉に抱きつきかけたが、柊が一葉と男の間に入って男を支えた。

　男は柊を押しのけて道路を渡る。横断歩道は無視だ。

　柊と一葉は何かあってはいけないと、すぐ後ろをついていく。酔っ払い男は左右に大きくかしぐと、短い腕を振り回してバランスを取る。

　車道と歩道のわずかな段差に躓《つまず》いてたたらを踏んだ。

「足元！」

マリーさんが怒鳴る。

石原に向かって倒れかかる酔っ払い。

石原はあっさり避ける。

後ろから男のシャツをつかんで支える柊と一葉。その背後をクルマが通り抜けていく。

男はマリーさんをじろりとひと睨みすると、よたよたと路地へ入っていく。

「びっくりした。藤原さん、ついさっきまで眠たげだったのに」

「いきなり怒鳴られたら、まともな酔っ払いだったらそら転ぶわ」

大家と石原があははと陽気な笑い声を夜空に響かせた。

歩美が一葉に「じゃ」と片手を上げて、ほかのメンバーには「またお越しください」とそつのない挨拶をすると、酔っ払い男を追っていく。

おじさん、とりあえずうちで水でも飲んでいきなよ、と声をかけ、先回って赤提灯が灯る南部の玉暖簾を持ち上げ、格子戸を開けるのが見えた。店内の喧騒が流れてくる。男が入って格子戸が閉められると、店内の音が遠くなった。

タクシーで帰るという大家と別れて、四人は柊のクルマがあるコインパーキングを目指す。

去年のスーパーでの出来事を思い出した一葉は、歩きながらマリーさんに話した。

子ども用カートを押して走り回っていた男の子が積み上げられたキャベツの台にぶつかり、崩してしまったことがあったのだ。一葉は男の子を手伝って、ふたりで積み直した。

「あなたらしいですね」

マリーさんは眉間のしわをそのままに頷く。「怒鳴ったりしないところ」

「危ないなあと思っても、私は注意できなかったんです。マリーさんは、全然知らない相手でも、ちゃんと注意するので好きです」

一葉が尊敬の念を込めると、マリーさんは何も言わなかったものの、少しだけ顎を上げた。

「でもマリーさん。逆切れするひともいますから、心配です」

「大丈夫ですよ。さっきのはさすがにひと言申さないと大変なことになると危ぶんだから注意したまでです」

『19時以降60分１００円』と書かれた青と黄色の看板が、ライトで照らされているパーキングに着く。

柊がコンパクトカーの運転席側の後ろのドアを開けてくれた。マリーさんに乗ってもらう。柊はゆっくりとドアを閉めた。

石原はいつの間にやら助手席にいて、一葉はその後ろに乗る。

クルマが中央通りに乗ると、石原がたばこを取り出した。

「来る時も言ったでしょう、吸うなって。もし吸ったら蹴《け》り出しますから」

柊にほとんど殺意混じりに戒《いまし》められ、小説家は口を尖らせポケットにしまう。

「なんだよ、一葉ちゃんだったら許すんでしょ」

「彼女は非喫煙者です」

「どうか分かんないじゃない、便所とかで隠れて吸ってるかもよ」

「それ中二の発想ですよ」

「三十です」

右側の窓にため息をつく柊。

「君のねえ、その極寒の対応のほうがオレの健康に響くわけよ」

「あなたの健康なんて知ったこっちゃないですよ」

「ええええ！　オレの体を案じて吸うなって平身低頭お願いしてるのかと思ってたー」

「よくそんな風に受け取れるもんですね、心臓に毛が生えてるどころか、毛玉じゃないですか」

マリーさんが笑う。

「おふたりは仲がよろしいですね」

流れ去っていく街灯に照らされたマリーさんの頬に、ふんわりと赤みが差している。それが艶のあるグレージュヘアによってさらに際立っていた。

「そーなんだよ」

と、石原。

「柊君で遊んでると、あ違った、柊君と遊んでると日頃の憂《う》さが晴れるんだよ」

「こっちは憂さが溜まる一方ですけどね」

石原が、プラスマイナスゼロで、やっぱりオレたちは仲がいいんだなあと、ぶっちぎりの図々しさを発揮していた。

万福荘に着くと石原は、

「マリーちゃん、また飲もうね」

と、マリーさんの硬そうな肩を気安く叩いて外階段を上がっていき、柊は、

「本当に駅まで送ってかなくて大丈夫ですか？」

と確認してくれて、マリーさんは「タクシーを頼みますからご心配なさらずに。ここまで乗せてくださってどうもありがとうございます」と慇懃《いんぎん》に頭を下げる。

「先ほどは、一葉さんを助けてくださいまして、重ねてお礼申し上げます」

酔っ払いが倒れ込んできた時のことを指しているのだろう。

柊は、いえそんなご丁寧にどうも、と頭を下げ返す。

頭を上げたマリーさんはきりっとした顔で柊に向き直った。

「それはそれとしてですね、くれぐれも、軽率な行動は慎《つつし》むようお願いしますね。うちの

大事な姪孫なんですから。あなたも教員というお立場でらっしゃれば、なおさらでしょう。どこでどういった方が見ているか分からないのですから、特に昼日中の公衆ではね」

念押しする。柊が咳き込み、一葉はマリーさんの鉄のように強固な誤解を、柊に詫《わ》びねばならなかった。

柊と別れて一〇一の玄関に近づくと、ドアの向こうから鼻息が漏れ聞こえてきた。ドアと壁の間に鼻を押しつけて嗅いでいるのだ。

ドアを開けたとたん、久太郎が玄関から飛び出してきた。

一葉の前でピタッと足を止め、見上げたまま、誰、という顔をする。髪の雰囲気が違っているから一葉と分からず、一瞬思考が迷子になったらしい。

「久ちゃん」と呼ぶと耳を立て、いつもの満面の笑みになり、「ひめー！　あえてうれしいです！」とばかりのお祭り騒ぎ。

一葉の顔を舐《な》めてひと通りはしゃぐと、隣に立つ老婦人に気づいた。

誰、という目を一葉に向ける。

「マリーさんだよ。仲良くしてね」

そうですかぁマリーさんですかぁ。ようこそマリーさん。

尾を振って足元を嗅ぎ回る。マリーさんはその様子を見下ろしてじっとしている。夢中で嗅いでいた久太郎は我に返り、顔を上げて、誰、とまた首を傾げるが、マリーさんだよ、と再び教えると、そうですかぁマリーさんですかぁ、とまた嗅ぐ。

「久ちゃん、あんまり嗅いだら失礼だよ」

一葉は久太郎を押さえるが、それでも首を伸ばして嗅いでいる。

「構いませんよ。嗅ぐのも犬の仕事のうちです」

部屋に上がったマリーさんは、キッチンを通ってリビングへ入り、さっぱりと片づいてますねと感心した。

「ひとり暮らしには十分なお部屋ですね。しかも犬を飼えるなんて」

「理解がある大家さんでよかったです」

『岩谷堂羊羹《いわやどうようかん》』と、『かもめの玉子』で久太郎を飼う許可を出してくれた。

リビングのキャビネットの前にリュックを置いて、紅茶を淹れようとキッチンに戻る。

ステンレスの小さなヤカンに水を注いでガスコンロにかけた。

「あら、これはもしかして器が入っているのかしら？」

その声に振り向くと、マリーさんがキャビネットの上の木箱を見つめていた。

「そうなんです。器市で買ったんですが、もったいなくてなかなか使えません」

一葉は、ふたを開けて器を見せる。

手には取らずに、しげしげと見たマリーさんは、胡粉《ごふん》色のいい器ですね、使ったほうがいいですよ、と勧めた。

胡粉色というのか、と頭に刻みながら、

「でもマリーさんも使ってない器あるじゃないですか」

と言ってみる。金継ぎの夫婦茶碗、とあえて口にせずとも、マリーさんには通じたらしい。

「あれは割れるまでしばらく使ってたんですよ」

「そうだったんですか。じゃあこれも使っちゃおっかなあ」

カタカタとヤカンが音を立てる。

「あ、お湯！」

キッチンに急ぐ。ふたが躍《おど》り、湯気をもくもく上げたヤカンの火を止めた。カップにお湯を注ぎ、それを一旦捨てて再びお湯を注いで紅茶のティーバッグを浸す。

紅茶のティーバッグにお湯を注ぐのと、お湯に浸すのとでは味に違いが出るのかどうか、はっきりしないが、マリーさんはよくこうやっていた。

「マリーさん、紅茶どうぞ。座椅子使ってください」

ローテーブルの前の座椅子に腰を下ろしたマリーさんに紅茶を出す。

「どうもありがとう」

久太郎がキュウリのぬいぐるみをくわえてきて、マリーさんの膝のそばに落とした。マリーさんを覗き込んで尾を振る。

「何かしら」

「遊んでほしいのか、献上しているつもりなのか……」

　ボロボロで薄汚れたキュウリの前で、久太郎は誇らしげに胸を反らす。それを見て一葉はつけ加える。

「もしくは『これとってもすてきでしょう?』ってお披露目しているのかもしれません」

「まあっ。こんな小さい体の中に、一丁前にたくさんの感情があるんですね」

　マリーさんの判断基準は、大小らしい。人間と動物の区別はないんだ、と一葉は大らかな気持ちになる。

「久ちゃん、これもういいよね。新しいの買ってきたよ」

　一葉はリュックを引き寄せて、ぬいぐるみを出す。久太郎は鼻を近づけたが、いまいちピンとこない様子でボロのぬいぐるみをかじった。

「汚れててボロいのに、お気に入りのままなんだね」

　かじって振り回して叩きつけて、吹っ飛ばした。……本当にお気に入りなのだろうか、と疑念にかられながら這《は》って、ぬいぐるみを取りに行く。久太郎がついてきた。

「こんな小さな子にも、宝物があるんですね。どれ、直してあげます」

　マリーさんは手を差し出す。一葉は久太郎にぬいぐるみをくわえさせると、久太郎はマリーさんのもとへ駆け、手のひらにそれをぼたりと落とした。お座りをしてキラキラした目でマリーさんを見上げる。

「褒めてほしいようですよ」

「あらまあ。おりこうさんね、ええと」

「久太郎です」

「久太郎」

マリーさんは裁縫セットを出す。

初めて会ったひとにも自分を褒めさせることに成功した久太郎は、大変満足げに鼻息を吐き、チクチク縫っていくマリーさんの手元に鼻先を突っ込んでは肘で押しやられていた。

あっという間に直った。縫い目の細やかさにため息が出る。

マリーさんは掃き出し窓を開けて、窓の左側に立つ桜を眺めた。桜は月光を浴びて影絵になっている。

深呼吸して、桜と夜の香りを胸いっぱいに吸い込む。

「いい桜ですね。これならば確かに虫も居心地がよさそうです。虫が肩についていたという件は信じましょう。出がけにこの木に近づいたのでしょう。綺麗に草が刈られています。草を詰めたゴミ袋がないところを見ると、思い出して片づけでもしましたか？」

目が泳ぐ一葉。

マリーさんは夜の鳥が鳴く声に耳を澄ませ、「鳥が羽を休めるのにも、ちょうどいいようですね。この鳥はヨタカね。うちでも聞こえますよ」とささやいた。

鳴き声は、丸みを帯びていて物悲しさを包みながら上手に闇《やみ》に溶け込んでいる。

「そうでしたね。子どもの頃、マリーさんちでこの鳴き声を聞きながら眠ったのを覚えています」

「あなたはたまにホームシックにかかって眠れなかったりしましたものね」

「そうでしたか？　忘れちゃいました」

たった一泊二泊なのに、それも自分から希望してマリーさんちに泊まりに行ったのに、まんまとホームシックにかかる自分がふがいなかったのを覚えている。

「自宅が好きだということですから、別に悪いことじゃありませんよ」

マリーさんは目を伏せて紅茶に口をつけた。

紅茶を飲み終えたマリーさんは、タクシーを呼んだ。

一葉も駅まで同乗する。大叔母は見送りは不要と断ったが、送りたかった。

「今日はあなたのせっかくのお休みをちょうだいしちゃいましたね」

マリーさんは遠慮深い。

「私、楽しかったですよ。マリーさんに会えたのもよかったです」

「あなたはいつもそういう風に周りを立てますね」

「うーん、そんなつもりはないんですけどねえ。楽しかったですよ、ほんとです。マリーさんのおかげで冒険ができました。今日はいい休日でした」

一葉は髪の毛に触れ、タクシーの窓ガラスを覗く。何度見ても新鮮。

「そう言っていただけると気が楽になります」

開運橋に差しかかると、マリーさんは、二度泣き橋ですねえ、と窓に顔を寄せてアーチを見上げて目を細めた。

「ひと駅なんですから、また遊びに来てくださいね」

光と闇が交互に流れてきて、マリーさんの顔をなでていった。


それから数日して、実家の母親から連絡があった。

マリーさんがホスピスに入ったと。

マリーさんは迷惑をかけぬよう誰にも知らせずに病院に入院していたそうなのだ。美容院は許可を得ての外出だったらしい。病院には保証会社を立てて入院していたというが、当該ホスピスは親族の同意を必要としたため、しぶしぶ母に連絡を取ってきたのだった。

柊にマリーさんの件を話すと、彼はさほど驚きはしなかった。

「もしかして、先生は気づいてたんですか?」

「南部で、あまり食欲がない様子でしたからね。百瀬さんが、マリーさんが食べきれなかった分を手伝ったと聞いた上で、マリーさんの食事量を改めて見ると、摂取カロリーが極端に少ないなと感じました。小食といっても、限度がありますから。なので食べられないくらい調子が悪いのかな、くらいは推測したんですが、そうですか、そんなに悪かったんですね……」

飲み会でうつらうつらしていたのは、眠たかったんじゃなく、具合が悪かったからなんじゃなかったろうか。

「……そういえば、久ちゃんは、しきりとマリーさんを嗅いでたっけ」

マリーさんからはサインが出ていたんだ……。

おまけにひょっとしたら美容院の昇平さんも。わざわざ棚からオーガニックの薬剤を出させた。髪で見抜いたというのだろうか。

身内なのにちっとも気づかなかった、と肩を落とす。

「身内だからこそ、気づかないこともありますよ」

柊は静かに理解ある言葉をかけた。

マリーさんは借家の契約、公共料金など、自身がこの世とつながるあらゆる契約を切ってホスピスに入っていた。残った者たちに面倒をかけないように取り計らっていたことに一葉は胸を締めつけられる。

契約をひとつひとつ切りながら、マリーさんは何を思ったのか。何を見つめていたのか。

知られてしまいましたね、とベッドの上のマリーさんはかすかに鼻にしわを寄せた。バツの悪さを誤魔化そうとしているように見えた。いたずらが見つかってしまったような顔にも見えてくる。

「この世には、内緒にしたまま終わるといったことはないのかしら……」

マリーさんは、河童柄のパジャマに身を包んでいる。

ホスピスのひとり部屋には、テレビ、小型冷蔵庫、布張りのソファーと机が備えられており、洗面台とトイレがついていた。

キャビネットは幅が三十センチそこそこで、そこに収まるきりの荷物に、マリーさんの七十五年という時間を考えずにいられない。

これも、ひとりで準備したんだな。

一葉はベッドに椅子を引き寄せて座った。

「どうして黙ってたんですか」

詰《なじ》る気配を帯びぬよう、気持ちを抑えてたずねた。

「心配と迷惑をかけたくなかったんですよ」

「心配はしますけど、迷惑なんて思いませんよ」

マリーさんは背筋をぴんと伸ばした姿勢を崩さぬまま、一葉を見つめた。

一葉は知っている、その背中が丸くなる時があることを。

「絶対にそんなこと思いませんよ」

久太郎が、キッチンに立つ一葉の足元で、キュウリのぬいぐるみを振り回している。ふくらはぎにぼうんぼうんとぶつかってくるが、一葉は気にしない。湯気の上がる炊飯《すいはん》器《き》の前で、首を傾げているのである。

小皿に取った山菜の炊き込みごはんを、味見しているのである。

大家のおすそ分けの山菜を、柊が傷《いた》みや虫食いなどがあるものを取り除いて灰汁抜きし、万福荘の各部屋に配ってくれたのだ。

蛯名母子は喜んでくれたというが、石原はもらっても扱い方を知らないから、と遠慮したらしい。

一葉はそれを冷凍保存していたのだが、この度引っ張り出して炊いたのである。

マリーさんに食べたいものをたずねると、山菜の炊き込みごはんをリクエストされたから。

そのホスピスは、許可さえ得れば何を差し入れてもよかった。

「なんかなあ……」

マリーさんからレシピを聞き、その通りに作ったつもりだったが、昔食べたマリーさんの炊き込みごはんと違うような気がするのだ。

原因とすれば、調味料の分量は「ひとつまみ」とか「少々」など、一葉には把握《はあく》しにくい分量ということもあるのだろうし、また、寂しいことだが自分の口が当時とは変わってきているということもあるだろう。

断続的なふくらはぎの衝撃に慣れてしまって気にならなかったが、それがいつの間にか収まっていることに気づいて下を見ると、久太郎はドアを見つめていた。

一葉がそちらを向くのと同時にチャイムが鳴る。

久太郎が飛び出さないよう、壁に寄せていた柵を引き出してから玄関ドアを開けると、立っていたのは柊だった。

久太郎が吠え立てる。一葉は愛犬を振り向いて、久ちゃん、お話ししたいのはやまやまでしょうが、ちょっとお静かに願います、と言い聞かせる。話したいわけじゃないと思いますけどむしろ話す気はないと思います……と柊は尻込みしている。

そんな柊が、大きな皿を差し出してきた。

「この間、大家さんからいただいた山菜で餃子《ぎょうざ》作ったんです」

「山菜餃子?」

きっちりしたヒダ。皮から緑色が透けている。

「生徒たちに地元のこういった食材にも挑戦してほしくて試作しました。よければ味見を」

「おいしそう。いい匂い。いただきます」

羽は繊細ながらしっかりパリパリで香ばしい。皮はきつね色にこんがり焼けてカリカリしており、旨味たっぷりの肉汁が淡い苦味の山菜に浸み込んでいる。ショウガが利いて、食欲がかきたてられる。

「これ白いごはんにはもちろんでしょうが、炊き込みごはんにも合いそう」

「炊き込みごはん？」

一葉はレンジの上の炊飯器を振り向く。柊もそちらに視線を移す。調理台の小皿には箸が渡してあって、もち米と包丁、まな板、調味料、レシピメモが置いてある。

一葉はマリーさんに差し入れする炊き込みごはんを作っていると説明した。

「それはいいですね。山菜には、冬の間蓄えていた山の体力が詰まってますから」

「ただ、前に食べたことのあるマリーさんの炊き込みごはんは、こんなにぼんやりした味じゃなかった気がします」

柊にも味を見てもらう。視線を落として、口の中のものをよくよく吟味《ぎんみ》していた柊は箸と小皿を置いた。腕を組む。

「それを食べたことがないので断定できませんが、塩加減は割と重要です」

そばのレシピを手に取って目を通す。

「ひとつまみって書いてますが、実際どれくらい入れました？」

一葉は親指とひとさし指でつまみ取った。柊が首を横に振る。

「それは『少々』です。『つまみ』は指三本使います。これ、量が倍違うんですよ」

「あらぁ、そうなんですか。でもこのごはんの量に対して、その塩の量の違いで味に影響するもんでしょうか」

「塩は侮れないですよ。かなり違ってきます。あと食感も味に関係しますからね。浸水はどれくらいしました？」

「昨日からたっぷり」

一葉は鼻を高くする。柵の向こうで久太郎も鼻を高くする、誰も見ていないが。

「そんなに長くなくていいんです」

「あらら。ことごとく違っていたみたいですね」

一葉は肩を落とす。久太郎も残念そうに鼻先を落とす。

「あと、山菜は灰汁抜きで一度火を通してますから、味をつけてから、あとで混ぜたほうが食感が生かせるんじゃないかなあ……」

「確かに、やわらか過ぎて潰れちゃってますね」

ふたりが調理台に向かって熱心に話していると、久太郎は柵につかまり立ちして鳴く。吠える。柵をガタガタ揺らす。

柊は一葉の後ろに隠れがちになる。そうなると、久太郎はさらに勢いを得て吠える。一葉が、はいはーいと返事をすると、久太郎は一旦は納得して、少しの間おとなしくなる。

けれどまた思い出したように、ぼくのことをわすれないでくださぁいぼくはここです！　とばかりにキュウキュウと鳴くのだ。柊が来た時はそれが顕著《けんちょ》である。

「もち米は……」

一葉の後ろに隠れつつ、レシピを読んでいた柊は、閃《ひらめ》いたように顔を上げた。

「ちょっと待っててください」

柊が出ていくと、久太郎は尾を振って柵から前足を下ろす。

隣の部屋のドアが開閉される音が聞こえた。

柊が戻ってくると久太郎は眉のあたりをげっそりと下げ、がっかりした顔になる。柊は犬の表情に疎くて一切気づいていないようだが、一葉は愛犬のその表情を見ると、感情の豊かさに嬉しくなって口元が緩んでしまう。

柊の手には白いビニールの袋。ヒメノモチと書かれてある。

「使いかけで悪いんですが、これを使ってみませんか？　この間マリーさんのお迎えで駅に行った帰りに買ったんです。駅前の米屋さんにはマイスターがいるので、相談するとぴったりのものを出してくれるんですよ」

キラキラした顔で柊は述べる。よほど、自分が求める食材を手に入れたことが嬉しいのだろう。

そんな柊の様子に一葉自身の気持ちも浮き立つ一方で、駅まで送ってくれたのは本当に用事のついでだったんだと一抹《いちまつ》の落胆を覚える。

「圧力鍋で作ってみませんか?」

「炊けるんですか?」

「ええ、圧力鍋は炊くのも得意なんです。圧力鍋なら水は二割強少なめがちょうどいいです。しかも、米の浸水時間は十分程度でいけます」


一葉が渡されたもち米を研《と》いでいる傍らで、柊が手際よく山菜と油揚げを切っていく。ひとたび料理に入ると、柊はいくら久太郎が吠えようが、柵をガタガタ言わそうが怯《おび》えることはない。高い集中力で調理を進めていく。

久太郎がキューンと鳴いて一葉を呼ぶ。

「はーい、久ちゃん大好きだよー」

鳴くたびに一葉はそう伝える。久太郎はそれでしばらくはおとなしくしてくれる。

山菜と油揚げを小鍋に入れ、塩を用意する。

「塩は指三本ですよ」

「はい」

「生徒には『少々』と『つまみ』の覚え方は、『つまみ』は三文字だから指三本って教えてます」

「なるほど」

ひとつまみの塩と調味料で山菜と油揚げを煮ていく。一葉はふふっと笑みを漏らす。

「？　どうしました？」

「柊先生が教壇で指を三本立てて説明して、生徒さんたちが『つまみは三文字だから指三本』と習う画を想像して、ほのぼのしたんです」

「そうですか？　日常になってて何とも思ってませんでした。改めてそう聞くと、新鮮です」

　もち米を圧力鍋に空けて、パッキンつきのふたを閉めてロックをすると火をつけた。小鍋からは出汁《だし》のいい香りがし始める。

「授業のメニューは先生が決めるんですか？」

「ええ。ＳＤＧｓ《エスディージーズ》の授業をやることになってるんで」

「そうなんですね。ＳＤＧｓの本はうちの書店にもかなり入ってきてます。ええと、未来のためのいろんな取り組みでしたっけ」

「そうです。それで、地産地消をテーマに地元の食材を使った料理を検討してたんです。で、餃子と炊き込みごはん、どっちを授業でやろうか試してみて決めようと思って」

「熱心ですねえ」

　感心しながら、一葉は圧力鍋に注目する。静かに加圧が始まる。

「生徒さんたちは、食材が自分の口に入るまでの過程を知れて安心ですね」

四角く細長い窓から日が燦々《さんさん》と差し込む明るい病室で、マリーさんはベッドのリクライニングを使うことなく、背筋を伸ばして座っていた。テレビは消えている。音といえば廊下の足音やほかの病室からの咳《せき》くらいのもの。

一葉が仕事用に使っている弁当箱に詰めた炊き込みごはんを持っていくと、マリーさんは目を細めた。

「あらまあ。見た目には、ちゃんと炊き込みごはんになってるじゃありませんか」

一葉は胸を反らせてみせる。

「お茶碗ってありますか？　なければ食堂から借りてきます」

「そのキャビネットにありますから、小さいほうを取っていただけます？」

一葉はキャビネットを開けた。

替えのパジャマとサマーカーディガンがかかっている。下のトレイには、本来外出用の靴が乗せられるのだろうが、そこはぽっかりと何もなくて、一葉は胸を詰まらせた。

視線を上げた目線より少し高い棚に、金継ぎを施した夫婦茶碗が並んでいる。マリーさんの自宅にあったものだ。

これがここにあるだけで、無機質で他人行儀な病室が、一気にマリーさんの家になったように感じる。

初めて手にした小ぶりの茶碗は持ち重りがした。厚くて、なめらかな釉薬《ゆうやく》の下にゴツゴツした土の感触がある。頼もしい器だ。

「このお茶碗って、ずっと飾ってありましたよね。だから私、仏像のようなものなのかなって思ってました」

「仏像だなんて。ただのお茶碗です」

あっさりと訂正するマリーさん。

ただの欠けた茶碗を金継ぎした上で、使いもせずに飾っていたのか。

一葉が釈然としない顔をしたからなのだろう、マリーさんが話してくれた。

「それは、私が割ったのですよ。床に叩きつけて」

戸惑う一葉にマリーさんは淡々と続ける。

「ものを壊そうとして壊したのは、あとにも先にもこれだけです」

ふいに忍び笑いをした。

「ですがしばらくしてから拾って、直しました。昔のお茶碗はまあ丈夫ですね。分厚くて、割れ方も大振りで潔い。素人《しろうと》の私でも金継ぎしやすかったですよ。これが細かく壊れてしまっていたのでは、補修は無理だったでしょう」

一葉が聞きたいのは、どうしてただの茶碗を使いもせずに飾っておくばかりだったのかということだが、マリーさんはそれは明かさない。はぐらかしているように思える。

「使う踏ん切りがつかなかったのですが、もう最後ですから、使いましょう」

マリーさんはさっぱりとした表情をした。

一葉は悲しい気持ちでその顔を見つめる。

さあ、いただきましょう、とマリーさんが声を張った。

一葉は、マリーさんのお箸でプラスチックの弁当箱から、その茶碗に移した。金継ぎの茶碗に盛られた炊き込みごはんは、格式が高くなったようで見栄えがする。

もっちりとした炊き込みごはんを口に運んだマリーさんは目を見張り、おいしいです、と目を細めた。

「塩加減が絶妙です。山菜の風味がよく出ています。この健やかな山野の香りが私は好きなんです。爽やかな苦味が活《い》きています。山菜の下処理が丁寧だったたんですね」

「これ、柊先生が下処理してくれて、教わりながら作ったんです」

マリーさんの目からうろこが落ちるのが見えたようだった。

「まあ。そうだったんですか。こちら、とても誠実に作られていますよ、こういう風に物事に当たる方だったたんですね」

ゆっくりと味わったのち、マリーさんは、髪を切ったあの一日を隠やかな面持ちで話した。よほど心に刻まれているようで、溶けない飴のように何度も味わっている。

聞きながら、マリーさんは、本当は自分に会うのが目的で来てくれたのではないかと一葉は推測した。

「マリーさん、あの日、会いに来てくれてありがとう」

「髪を整えに行っただけです」

マリーさんは毅然とそう言い放ったが、一葉がニコニコしていると、観念したように口元を緩めた。

「かつて、私のところに来てくれていたあなたに、今度は私が会いに行きたかったんです」

マリーさんちで過ごした夏休みのあの日々の、ヒグラシの声や木々のさざめき、吹き抜ける風の香り、日差しの眩《まぶ》しさ、炊き込みごはんの味が、よみがえってきた。

自分の中に、キラキラしたあの頃がこれから先ずっと残りますように、と一葉は祈った。

病室を出ると、一葉は柊に電話した。マリーさんが炊き込みごはんをおいしいと味わっていたことと、柊を高く買っていたことを伝えて、マリーさんとても喜んでました、ありがとうございました、と告げると、柊は電話越し特有の低目の声でそれはよかったです、と穏やかに返した。

岩手県が梅雨入りしたその日、白一色のセレモニーホールには、天窓から静謐な日が差し込んでいた。

今日の光はやけに澄み切っていて、目に染みる。

注ぐ純潔の光を受けて、棺《ひつぎ》に横たわるマリーさんの輪郭《りんかく》は曖昧《あいまい》になっていた。

弔問《ちょうもん》に訪れた大家が、「ひと月くらい前に契約を解除するって申し出られた時に、マリーさんが、一葉ちゃんのご実家でしばらく世話になると言ってたんだよ。だからさ、ああそりゃいいですねって、急に賑やかな暮らしになっちゃいますねって返したら、そうですねえって、あの小難しい顔で笑ってたっけ……」と目頭を押さえた。

マリーさんは、こう言ってはなんだが、囲む白い花も白い着物も似合っていた。グレージュカラーの髪は毅然としておしゃれ。おしゃれ過ぎて、悲愴《ひそう》感がない。

棺を覗く弔問客は「綺麗ねえ」「似合ってるわ」と口々に褒めた。誉め言葉を口にするその場は、華やかですらあった。

これがマリーさんの作戦だったとしたら、大成功だ。

ひとりで生きてきたマリーさんだったが、逝《い》く時はみんなに見送られた。


一葉がその話を聞いたのは、精進落としの席だった。

隣の席で、妹の双葉が、膝に乗せた次女の口にイカ墨《すみ》豆腐を運び、その向こうで彼女の夫が、箸を握っている長女の袖《そで》をまくってあげている。姪っ子たちは揃いの紺《こん》色のワンピースを着せられている。

料理には炊き込みごはんがついていた。

それを見て、一葉は水色の二本線が入った白い夫婦茶碗を思い出す。

百瀬一家揃ってホスピスからマリーさんの私物を引き上げる際には、キャビネットの上の棚は空っぽで、男雛女雛のように並んでいたあの夫婦茶碗がなかった。最後の挨拶がてら、ナースセンターに立ち寄って看護師にたずねても首を傾げるばかり。

ちょうどナースセンターの前を通りかかった掃除係のひとにたずねると、頼まれたので廃棄したと教えてくれた。

「あの夫婦茶碗、残しておいてほしかったな……」

炊き込みごはんに向かってそう呟くと、隣で母が、でもねえ、と含むような言い方をした。何かあるのかとたずねると、母は芋のてんぷらに、ひと差し指と親指でつまんだ塩を振りながら思案するような間を取ったのち、おもむろに口を開いた。

千葉の美術関係の会社に勤めていたマリーさんには、三十代の頃、結婚を約束していた男性がいた。

「同棲《どうせい》はしてなかったみたいだけど、茶碗はその男のひとと使っていたものでしょうね」

男性は事故死した。

「え」

「男のひとも悪かったのよ。横断歩道じゃないところを渡ってたんだから。何人もが見てたの」

既視感があり、一葉は黙り込む。

「さらによくなかったのがね」

女といたのだそうだ。その女は軽傷だった。

「助かったのなら、なんていうか……『さらによくなかった』ってわけじゃないじゃない」

一葉が掠《かす》れた声でフォローめいたことを言うと、あんた馬鹿《ばか》ねえ、と母は呆れながら芋を口に入れ、詰まらせる。胸を叩く母の向こう隣の父親が自分のお茶を渡す。

母はひと口飲んで、ホウッと息を吐くと、あたりをはばかるように見回し、声を落とした。

「浮気相手だったのよ」


セレモニーホールに向かう時は、タクシーの運転手に任せていて不来方橋《こずかたばし》を渡ったが、帰りは運転手に道順を伝えて開運橋を渡った。

夜のしじまに、みょみょみょみょ……とヨタカの声が聞こえてくる。

カーテンを閉めた部屋の座椅子で、一葉は膝を抱いていた。

久太郎がキュウリのぬいぐるみをくわえてきた。一葉のくるぶしのそばにぽとり、と置く。

マリーさんが縫い直してくれた部分から中身が出ている。

一葉がそれに視線を落としているとチャイムが鳴った。

ぬかるんだ目でドアを見ると、柊の声で「百瀬さん」と呼ぶのが聞こえた。

その声が、今の一葉には、思いがけず安らぎに満ちたものとして耳に届いたものだから、引っ込んでいた涙が込み上げてきてしまった。

ぐうっと奥歯をかみ締めて涙を飲み込む。

「百瀬さん……？」

返事をしようにも声がなかなか出ない。

一葉は、飲み込めないものを無理に飲み込んだせいで顔が充血しているのを自覚する。こめかみがジンジンする。

数十秒、あるいは数分だろうか、柊は呼びかけてこなかった。それでもそこに立っているのは察した。

このままだんまりしていたら眠っているのかも、などと思われて帰るかもしれない。行ってくれと念じた。

一方で、まだそこにいてくれと願った。

それは、マリーさんに対しても、と気づいた時、一葉は深呼吸し、「はい」と返事ができた。

床に手をついて立ち上がった。

マリーさんは、めそめそする自分を決して好きではないだろう。シャキッとしなさい、と叱咤《しった》しそうだ。背筋を伸ばし、シャキッと顔を上げて、膝を伸ばして進みなさい、と活《かつ》を入れるはずだ。

一葉は、背筋を伸ばし、シャキッと顔を上げて、膝を伸ばして玄関へ足を向ける。ついてきた久太郎が飛び出さないよう、玄関とキッチンの間に柵を引き出す。

笑みを作って、上着の裾を引っ張ってからドアを開けた。

柊はごはん茶碗くらいの大きさの白くて丸い陶器の、ふたつきの入れ物を持っていた。ふたを開けて見せてくれる。中身は炊き込みごはん。山菜の量が多い。

差し入れです、と言う。

背後で柵の音がした。肩越しに振り向くと、久太郎が柵に前足をかけて伸び上がっている。鼻をしきりに上下させ、嗅ぎ取ろうとしている。

一葉は柊に礼を言って手を伸ばす。

入れ物が手に乗るや否《いな》や、すべった。咄嗟《とっさ》に身をかがめ手を伸ばす。柊も。しっかりとつかまえ、ホッと息を吐く。手のひらと甲が温かい。温かな入れ物を持つ一葉の手が柊の手に支えられていた。

その大らかな温もりにはさまれて、一葉の胸がまた痛み出す。視線を落としたまま、顔を上げることができない。柊の視線を眉間に感じる。

支えてくれていた手が離れると、柊が踵を返した。

一葉は離れていく背中を見つめる。

背後でガシャンと大きな音が響いたかと思ったら、足元を久太郎がすり抜けた。

急なことに声も出せぬ飼い主をよそに、柊にまっしぐら。彼の尻に情け容赦《ようしゃ》なく頭つきをかます。ふいをつかれた柊がつんのめる。愛犬は彼の前に回って四肢《しし》を踏ん張って全力で吠え立てる。

「き、久ちゃん」

一葉は外に出ようとして、炊き込みごはんを靴箱の上に置く。

久太郎は身を低くし、顔の角度を変えながら吠え立て追い込む。柊は、あとずさって一葉の部屋の前に戻ってきた。

柊のサンダルが玄関の中に収まると、久太郎はぴたりと吠えるのをやめた。

久太郎は、柊の足とドアの隙間から中に入り一葉の前に来ると、お座りをして顎を上げて胸を反らせる。キラキラした澄み切った目で一葉を見上げている。

一葉はしゃがむと、柊に配慮して小声で偉い偉いと褒めた。

いつもなら、久太郎の行動パターンは逆で、柊を追い払おうとするのだ。ところが今は、羊を追い込む牧羊犬のように玄関へ追いたててしまった。

どうして。どうしたんだろう。

その理由を考えると、涙が出そうになる。

「すみません、先生」

柊が肩越しに一葉を振り向く。困った顔をしていたが、目は優しかった。

「いえ」

「あの……よかったら、先生も食べませんか」

柊は一葉の目を見つめると、一拍ののち、はいと言った。

柊をリビングに通して、炊き込みごはんが入った容器をローテーブルに置く。

「よかったらどうぞ座椅子使ってください」

「ありがとうございます、でもオレはそっちで」

と、ローテーブルをはさんだ座椅子の正面にあぐらをかいた。

久太郎は柵なしでも柊に飛びかかることはなく、座椅子のそばでぬいぐるみをかじっている。

一葉は食器棚を開けた。茶碗に手を伸ばしたところで、リビングのキャビネットを振り向く。

木箱が置き去りにされたようにぽつんと乗っている。

食器棚を閉め、木箱の前に立つ。

壊れるのを恐れて一度も使っていない新品の器を取り出した。

マリーさんは胡粉色と呼んだっけ。白にほんのりと黄が混じっていて、明るく軽やかで気さくな色だと思う。

シンクに持っていって洗う。

温かい飲み物を出そうと、紅茶の箱に手を伸ばしかけたが、炊き込みごはんには香りが強過ぎるだろうと考え直して、その隣の茶筒に切り替えた。

煎茶《せんちゃ》を淹れ、器に箸を添えてリビングに運ぶと、カーテンが開けられていた。桜の木とブロック塀が見える。

柊は窓の外を眺めていた。

掃き出し窓を正面にして、柊のはす向かいに腰を下ろすと、お茶と器と箸を、柊と自分の前に揃えた。

顔を上げると、銀色の月光に煌々《こうこう》と照らされる桜。

あの日もこの部屋からこの桜を見たのだ。だが、右手の座椅子に目を向ければそこは空っぽ。あの日そこにいたマリーさんはもういない。

だが、左手を振り向けば、お茶を息で冷ましている柊がいる。

束の間見つめていると、柊が視線を上げた。わずかに小首を傾げる。

一葉はささやかな笑みを返して、手元に視線を戻した。

お茶を軽く吹いてから口に含む。

箸を炊き込みごはんに差し入れる。箸にかかる重さが頼もしく信頼感すら抱ける。もっちりとしたそれを千切るようにすくって口に入れると、出汁と山菜の香りがふわっと広がる。山菜のシャキシャキした食感がしっかり残っており、米特有のコクと甘味が山菜の爽やかな苦味や深みとよく混じり合って互いを引き立てていた。

誠実に作られている、とマリーさんが評していたっけ。

久太郎が一葉の腕を前足でちょいちょい、とかく。一葉は「柊先生からの差し入れだよ」と言い聞かせて手のひらに乗せて出した。

愛犬はひと息に食べる。間を置かず、次の炊き込みごはんが差し出されるのを期待して一葉を見上げる。

「先生のごはんはおいしいもんねえ」

柊に、優しい言葉や慰めをかけられなくてよかったと安堵《あんど》していた。一緒にごはんを食べてくれることが、今の一葉には何よりの支えになる。

「久ちゃん、オレの飯は食べますが、オレのことは嫌いなんですもんね」

柊ががっかりしている。

「そんなことないですよ。最初の頃より格段に心を許してますよ」

フォローしながら、久太郎に食べさせる。御大層な音を立てて実においしそうに食べる姿を見ると、心が安らかになる。

「私は先生のごはんも先生も好きですけどねぇ」

思わず口をついて出た自分の言葉にドキッとして、視線を上げる。柊は箸と器を持ったまま窓の外を注視していた。

「ヨタカが鳴いてますね。この木にいるようです。ほら、この声」

みょみょみょみょ……。

ガラス越しに聞こえてくる。

「昼間は別の鳥が集《つど》ってますよね。ここって鳥がくつろぐのにちょうどいいんでしょうね」

柊がささやく。

桜の木には、月光が作る光と影が共存している。そこから聞こえてくる声は、ただただ平穏だった。

「……マリーさんもヘアアレンジしたり、みんなと南部で食べたり飲んだりしたあの土日、くつろいでたっけ……」

大家が一葉の部屋を訪れたのは、マリーさんの葬儀から半月がたち、一葉の重たい喪失感も徐々に癒《い》えつつある最中だった。

大家は古びた木箱を差し出してきた。

「ちりひとつ落ちてやしないその部屋にさ、ただこれだけが残ってたんだよ。処分し忘れってことはないと思うんだ、あれだけすっからかんのまっさらな状態に戻してったひとだもの」

箱はいい具合に黒ずんでいた。角は丸みを帯び、手の当たりがやわらかい。

三十センチ弱四方の箱を開けると、絵の具のチューブに似たひしゃげた銀色のチューブ漆、和紙に包まれた筆、砥《と》の粉《こ》、摩耗《まもう》して折り目がついたサンドペーパー、そして金粉などが入っていた。

一葉は箱から顔を上げる。

「これ、金継ぎの道具です」

「へえ？」

「いただいてもよろしいでしょうか」

「ああもちろんだよ。こうして残しておいたんだから、きっと一葉ちゃんに受け取ってほしかったんだろう。でも、それなら直接あげればいいのにね」

「迷ってたんだと思います。もらった私が迷惑してしまわないか考えたんじゃないでしょうか。だからといって捨てることも忍びなかったんでしょう。そういうひとでしたから、大叔母は」

夫婦茶碗は棄《す》てたが、壊れた器を美しく補修するための道具は取っておいた。姪孫に渡すかどうか迷いながら。そこにマリーさんの想いがある。

木箱を胸に抱いた。


マリーさんが逝《い》ってひと月して、岩手県は梅雨明けした。

菜園にある居酒屋南部は今日も賑わっている。醬油《しょうゆ》と出汁の香りと焼き鳥の煙が店内を満たしていた。

ふたつのテーブルをくっつけた席には、大家、柊、石原、佐知、佐知母。この前マリーさんがいた席に久太郎がいる。南部はペット同伴可なのだ。

今回は大家が幹事とのこと。梅雨明け名目の飲み会。毎年梅雨明けはあるが、梅雨明けの飲み会は初めてだ。

この間はテーブルに山菜料理が並んでいたが、今はホヤのバター焼きや、いわて牛の暮《くれ》坪《つぼ》かぶソース添え、畑わさびのタルタルソースを乗せたエビフライ、ヒラメの刺身などで埋められている。

会の途中から、一葉は通路をはさんだカウンター席にウーロンハイと共に移り、歩美に話し相手になってもらっていた。

勇は無言で菜っ葉を切っている。ぐつぐつと大きな鍋で煮物が炊かれ、もうもうと湯気が上がっていた。

「で、その金継ぎの道具扱えるの？」

お悔やみを述べた歩美は、一葉から話を聞いてそう問い返してきた。

「できそう。マリーさんがやってたのを覚えてるんだ」

「ふうん。その道具はいいとして、夫婦茶碗よね。普通、そんな男と使ってた茶碗なんて見たくもないじゃない？　それを直して飾っておくって」

歩美はグラスを手拭いでキュッキュと拭きながら首を傾げた。

その先は、さすがの辛口な親友でも口にするのは酷だと思ったらしく飲み込んだようだ。

変わってるよね、と一葉はちょっと笑った。

あれから何度も何度も考えている。

大きな茶碗だけじゃなく小さなほうも、つまりマリーさんが使っていたであろう茶碗まで割った理由。割って直して飾っておいた理由。

考えている間は、マリーさんがこの世にいないということを忘れられた。

「戒めかなあ」

「戒め？」

「男のひとにもう二度と騙《だま》されてなるものかっていう」

「あんたも裏切られた口だからね」

「ああ……それはもういいじゃないですか」

一葉は苦笑いを漏らす。去年二股をかけられたのである。

「こうやって立ち直れたのは柊先生と出会えたおかげだよ」

「まあね、それは大きいだろうけど、あんた自身が頼もしくなったのは間違いないね」

一葉は親友を見上げた。親友は手元に注意を向けてせっせとグラスを磨いている。

「私の中には、元カレが使ったものを壊して、補修して、飾るっていう考えはなかった。ふたりで使ってたものは、今もわだかまりなく使ってる」

「彼からもらったのも捨ててないの？」

「もらったのはないよ」

「あそうね。うちとしたことが愚問だったわ」

「何よう、分かってて聞いたくせに」

恨めしさを装って見上げると、歩美はふんと鼻で笑う。

「もらったのはないって、断言できるようになったんじゃん」

「捨てたのは、別れたその日に着ていたブラウスだけ。ほかは『物』として使ってる。特に飾ってはないけど」

「彼氏はとことん使えなかったもんねえ」

一葉は噴き出した。この親友は毒舌が過ぎるので、聞いていると胸がスカッとする。

金色のひびが作り上げた複雑な模様の夫婦茶碗が頭によみがえってくる。

一度壊れ、直されたものは、壊れたためしのないものと比べて凄味《すごみ》が増し、一層煌《きら》めいていた。

そのペアの器は、マリーさんと共に去った。

永久に戻ってはこない。

テーブル席から「歩美ちゃーん、ホタテのバター焼きふたつー」と陽気な注文が入った。

「はいよー」

潑溂《はつらつ》と返事をした親友は、狭いカウンター内をきびきびと動いて冷蔵庫からホタテガイを出すと、コンロに焼き網を載せてホタテガイを並べ火をつけた。

「まあさぁ、ああだこうだ推測したとしても、どれもこれも所詮《しょせん》他人の下衆《げす》の勘繰りになっちゃって、結局は分かんないいんじゃないの？」

歩美が磨き上げたグラスをウーロンハイの横に置き、『鬼の手形』の一升瓶《いっしょうびん》の栓をいい音をさせて抜く。

「こうゆうのはさ、永遠にそのひとだけしか分かんないわよ。七十五年？　六年？　生きてきたらそりゃ墓場まで持っていきたい胸の内や秘密のひとつやふたつはあるでしょ。探らないほうが粋《いき》ってもんよ。それでいいじゃない」

酒が注がれる寸前に瓶の口を上げ、目で、冷？　燗？　と問うので、一葉は少し迷って冷でと答えた。

鬼の手形は、そう評されるまんま、甘味など一切なく、スキッとキレのある液体が喉からスコン、と胃に落ちた。

ただ分かることは、マリーさんの言葉。

傷つくことは悪いことじゃありませんよ――。

炙られていたホタテの口が、くす玉のようにパカンパカンと立て続けに開く。出汁が貝の中で煮立っている。そこにバターの塊《かたまり》を落とし醤油を注せば、ジュッという好ましい音と共に食欲をかき立てる香りが一気に立つ。

久太郎がそばに来て、一葉のすねを前足でつつく。

礼儀正しくお座りをして、つややかな形のいい黒目でじっと見上げた。ひとでさえこれだけいい香りだと思うのだから、犬ならばいかばかりか。しかし。

「久ちゃん、ホタテはあんまり食べさせたくないんだよねぇ。万が一があるかもしれないし」

身をかがめて言い聞かせても、久太郎はキラッキラの目をしてじっと待っている。行儀よくして目を輝かせてさえいれば、たいていのお願い事は叶うと信じている。

「ほれホタテ風味かまぼこやるよ。オレの酒の肴《さかな》だ」

そしておおよそのところで叶うのである。

勇が豆腐のパックに、切ったかまぼこを入れて出してくれた。

「平和だなあ、この犬は」

尻尾をブンブン振って食べる久太郎をカウンターに身を乗り出して見守りながら、感慨深げな歩美。一葉はその言に納得する。

「久ちゃんは平和なのがいいんだよね」

「のんきに飲んでていいんですか」

背後で柊の冷静な声がした。

振り向くと柊は、手酌《てじゃく》でビールを注ぐ石原に顔を向けている。

「いーんです」

「締め切り間に合ったんですか。珍しく」

「珍しくも何も、締め切り過ぎて」

指を折って数える。「わお、五日！」

箸を寝かせていっぺんに餃子をさらって、口に押し込む。あふあふと湯気を吐き出してビールを流し込む。口の周りを泡だらけにして天井を仰ぎ、っか〜、と感嘆の声を上げる。

「また長谷川《はせがわ》さん乗り込んできますよ」

柊の忠告に、小説家は身震いした。

夜叉《やしゃ》と化した編集者の顔が浮かび、一葉は首をすくめる。

そうなの？　と歩美が好奇心にかき立てられたように顔を輝かせたので一葉は「バリケ

ードを作って、石原さんを部屋に閉じ込めたの。書くまで出さないって」と伝えた。やるわね、と歩美は感心する。

「あたしまだ会ったことないな」

くずまき高原のチーズソースをつけた唐揚げを手に、佐知も興味を示す。

「この調子ならすぐに会えるよ」

と、柊が言う。

「ちょっと柊君、呪いかけないでくれる」

「お稼ぎなさいな、大作家先生」

バター醬油が浸み込み、こんがり焼けたホヤのバター焼きをかじった大家が、グラスに口をつけた石原の背を、容赦なくバンバン叩く。石原は口を押さえてむせる。ビールで膝を濡らす。佐知が布巾を差し伸べる。

一葉はカウンター席からみんなを見回す。

久太郎、柊先生、石原さん、さっちゃん。誰にだって傷はある。それを手当てし、整えながら生きていく。

万福荘に帰って寝室で着替えをしている一葉のもとに、キュウリのぬいぐるみをくわえて久太郎がやってきた。ぬいぐるみからまた綿が出ている。

一葉は久太郎に、ちょうだい、と手のひらを差し出す。久太郎は素直にぬいぐるみをその手に乗せた。唾液《だえき》で湿っている。

リビングに持っていき、棚から裁縫箱を取り出して、縫い合わせた。

「はい、でーきた」

縫い目はガッタガタだ。ぬいぐるみをくわえて、久太郎は上目遣いに一葉を見る。

「ん？　どした？　いくらでもブンブンしていいんだよ。元気な証拠なんだもん」

久太郎の頭をなでる。

愛犬は尾を軽やかに揺らし、元気よくブンブンやり始めた。

一葉は腰を上げて、キッチンに入り食器棚の前に立った。

そこには行燈《あんどん》のような穏やかな光を放つ器が並んでいる。もう木箱には入れず、普段使いにしていた。

胡粉色、胡粉色、と唱えると、自然と、ごはんを思いついてしまう。

金色のひびが走る水縹色の二本線の夫婦茶碗が思い浮かぶ。

ひびは、青空に走る稲妻のようだったな。

眺めているうちに、大釜の借家で金継ぎをしながらマリーさんが言った「大切にしているのは器というより……」の続きが閃いた。

思い出だ。

だとすると、夫婦茶碗を飾っていたマリーさんは浮気されたことさえ、大切な思い出にしていたんだ。

ならば私があの茶碗を惜しがる必要はない。あれはマリーさんだからこそ持っていられたのだ。

だから、廃棄には、私には私の器を直しながら使い続けてほしいという意味があったような気がする。

食器棚のガラス戸を引いて手に取った。

もし欠けたりひびが入ったり割れたりしても、それもまた思い出になる。直して使い続けて、もっと素敵な器にできるから。

「明日もこれで、ごはんを食べよう」

2章

風邪を引いた日の
ジューシーな林檎コンポート

HIIRAGI-SENSEI's
small kitchen

蟬《せみ》が、今が盛りと鳴いている。

日の光の照り返しがきつい。大通り商店街の立ち木は、湯がいたようにぐったりとしおれていた。行き交うひとびとは、汗を拭いたりペットボトルの飲料を口にしたりしながら、溶けかかった体を引きずるようにして歩いていく。

万福荘《まんぷくそう》からは徒歩五分の一葉《かずは》の職場、盛岡《もりおか》書店はこの大通り商店街にある創業七十年の老舗《しにせ》。

奥に長い店舗である。クーラーがほどよく利いた店内は、木製の本棚から本が抜き差しされる音、ページがめくられる音、服がこすれ合う音など、ささやかで思慮深い音に満たされている。

レジの前には、年季の入った本棚がずらりと並ぶ。手前の列は雑誌、小説、エッセイ、漫画の棚で、奥の二列目の棚は実用書や参考書、児童書。

体を斜めにすればすれ違える程度の通路に、数人ずつのお客さんがいて思い思いに本を選んでいた。

お昼休憩から上がって、レジでブックカバーを折っていると、本がカウンターに置かれた。うさぎの絵が表紙の『ぼくにげちゃうよ』という絵本だ。

「いらっしゃいませ——あ」

節制された営業スマイルで顔を上げた一葉は、カウンターの縁から、目元を覗《のぞ》かせている女児を見て、破顔する。

「こんにちは真奈《まな》ちゃん」

「一葉ちゃんこんにちは！」

絵本に小さな手を置いているのは、姪《めい》の真奈だ。頭がひょこひょこ上下して、小さなポニーテールが揺れているのは、背伸びをしているからだろう。

「あれ、双葉《ふたば》……ママは？」

「ママねえ、あっちで『アンパンマン』えらんでる」

真奈は振り向いて、マァマァ、と大声で呼んだ。店内の静寂が破られる。一葉は姪を小声で呼び、振り向いた彼女に向かって、口の前に指を立てて静かにするよう伝えた。

児童書の本棚の向こうから双葉が顔を出し、今行くー、と答える。こちらも声がでかい。一葉と目が合うと、手を振った。一葉もみぞおちのあたりで手を振り返し、口にひと差し指を立てる。妹はVサインをしてまた棚の向こうへ引っ込む。一葉が指を一本立てたから、双葉は二本指を立てたらしい、と分かったのは少ししてから。

「ママと優奈《ゆな》、いっつもおそいんだから」

真奈は一丁前に腕組みをしてむくれてみせた。むくれていても一葉の注意を守って小声。アニメの登場人物を真似ているのか、片足のつま先を上下させる。リズムが取れず大袈裟《おおげさ》にガックンガックンしている。一葉はぷくく、と笑った。

双葉が優奈の手を引き、『アンパンマン』の絵本を持ってやってきた。

「久しぶり、お姉ちゃん。あ、お会計、これも。元気してた?」

『ぼくにげちゃうよ』の上に、『アンパンマン』と楽譜を重ねて置く。

「うん、そっちも元気そうだね。ブックカバーいる?」

「あ〜、いい、いい」

顔の前で手を振る。

「どうせすぐにむしり取っちゃうから。しかも絵本も破ったりぐしゃぐしゃにしたりすんの。これ何冊目だろ。同じのばっか何度も読みたがるのよ。飽きないのよねー」

二歳下の二十六歳の妹。自分の妹とは思えぬほど綺麗《きれい》な顔立ちをしている。一葉にとっては自慢であり、また子どもの頃はちょっとだけライバル視していた妹だ。

精算をして双葉は真奈に、『ぼくにげちゃうよ』を持たせ、優奈ももつー、と両手を伸ばしてきた次女にも『アンパンマン』を渡した。ついでに口元をガーゼのハンカチで拭《ぬぐ》ってあげる。

それを見ていた真奈が「マァマァ、真奈もお口ー」と顔を双葉に突き出す。双葉ははいはい、と拭こうとしたが、傍《かたわ》らで優奈が絵本をペイッと床に投げると、そっちに注意を持っていかれる。やだーどうして投げるのよぉ、もうママが持つからね、と明るい声で注意して、肩にかけていた大きなトートバッグに入れる。その間に優奈が出入り口へと歩き出してしまう。「ああ、こらこら」慌《あわ》てて追いかける双葉。

「マ、マァマァ」

置いてきぼりを食った真奈が大声で呼びかけながら追いかけていく。

お母さんは大変だなあと一葉は自動ドアを潜っていく三人を見送った。

数人のお客さんの応対をしたあと、別スタッフとレジを交代し新刊を面出《めんだ》しで並べ始めた時だ。

一葉ちゃん、と呼ばれ、声のしたほうへ視線を下げると、さっき出ていったはずの真奈である。

「あれ、戻ってきたの？　何かほかに欲しいものあった？」

膝《ひざ》に手をついて顔を覗き込むと、真奈はさっき買ってもらった絵本を抱きしめた。

「真奈、いえでする。一葉ちゃんちにおとまりする」

皮膚《ひふ》の薄いほっぺたを赤くして姪は訴える。

「家出？　おやおやそれはすごいね」

優奈を抱っこしている双葉が急ぎ足で戻ってきた。顔を上気させ髪を乱したその顔つきが険しい。

「真奈、勝手にいなくならないでって言ってるでしょ。それでなくても優奈がぐずって大変なんだから、面倒かけないの」

叱《しか》られて真奈の顔が歪む。絵本が小さな体に食い込まんばかりに抱きしめられる。

「双葉、真奈ちゃんがうちに泊まりに来たいって」

一葉は「家出」を言い替えた。

「ええ？　またぁ？」

双葉が呆《あき》れた声を出す。

「またって？」

「この間も、おばあちゃんちに泊まりたいとか言うしさ」

おばあちゃんちとは、ふたりの実家である。

義父母のことは、おじいさんおばあさんと呼んでいて、他県で長男一家と暮らしているので交流はあまりないらしい。

「いつの間にか勝手にうち出ていって、公園に隠れてた時もあるの。きなこんちに入り込んでてお隣の奥さんに連れてこられたりもしたのよ」

「きなこって？」

「柴犬」

子どもの考えることって分かんないわ、と双葉は困ったように笑った。

「お隣の奥さんが言うには、きなこが首をすくめるようにして小屋の入り口から中を覗いてたって。で、奥さんが小屋を確かめたらこの子が膝抱えていたもんで、座敷童《ざしきわらし》か何かだと思って腰を抜かしたそうよ」

語る本人も、バカバカしくなってきたのか笑い出した。子どもの頃から双葉はよく笑いよくしゃべる。

「幼稚園のお泊まり会の影響なのか、すっかりお泊まりにはまっちゃってんの」

真奈はおとなたちを見上げて、協議の行方を見守っている。

「真奈、一葉ちゃんはお仕事があって忙しいんだから、お泊まりはダメ」

双葉はしゃがんで真奈に言い聞かせる。

優奈が双葉の首に腕を絡めて顔を鎖骨のあたりに押しつけ唸《うな》る。眠たそうだ。それをちらっと見た真奈が大声を張り上げた。

「真奈、いきたい！　いいよね一葉ちゃん」

「こら真奈。わがまま言わない」

「いーきーたーいーー！」

体を左右にねじりながら叫ぶ。静寂は再び破られ、声がビリビリと本棚に反響しお客さんが迷惑そうに睨《にら》む。

一葉は双葉を見て、しがみつく優奈を見て、それから真っ赤になっている真奈に視線を戻した。

自分を受け入れてくれていたマリーさんが思い出される。

「私は構わないよ。真奈ちゃんが来たいならおいで」

真奈は万歳してジャンプした。どこかの部族の喜びの舞のようだ。


明日はシフトが休みだから今日の夜からなら大丈夫だよ、と伝えると、夕飯食べさせてお風呂入れたら万福荘に連れていくと双葉は言った。

仕事を終えてスーパーに立ち寄り、食料品の買い物をする。

明日の朝食は何がいいかな。真奈が好きな、あるいは真奈くらいの子が好きなものは何だろうと考えるのは楽しい。

商品棚に掲示してある広告に、ロールパンで作るサンドイッチの献立《こんだて》を見つけた。きつね色の表面に艶《つや》が乗ったロールパンは見るからにおいしそうで、具がぎっしりはさまったそれは目を引く。

真奈は野菜をどの程度食べられるだろうか。双葉はかなり野菜嫌いで母の手を焼かせたが、その娘はどうだろう。

さほどクセがないと感じるレタスとトマトを買う。久太郎《きゅうたろう》のキュウリも忘れず。数種類のロースハムで迷って、普段はそうは気にしない裏の表示を確かめて、添加物の少ないものを選んだ。キャラクターのついたクッキーやチョコレートもカゴに入れた。今時の子ってラクルトとか飲むのかな、と昔からある乳酸飲料を手に取る。分からないのでパスし、牛乳を取った。

帰宅して掃除機をかけていると、キュウリのぬいぐるみと戦っていた久太郎が、荒ぶる悪霊が抜けたかのように突然素に戻り、耳をピクリと立て、玄関ドアに注目した。

駐車場にクルマが入ってくる音が一葉の耳にも届く。

女性と子どもの声が玄関に近づいてくると、インターホンが鳴らされた。同時に子どもの声で「かーずーはーちゃあああん！」と呼ばれる。

シャキーンと久太郎が立ち上がった。一葉《かずは》ちゃんときたらぼくのでばんです、と体現しているように弾む足取りで玄関へ向かう。

久太郎を押さえながらドアを開ける。久太郎は柊《ひいらぎ》以外に飛びかかることはないので柵は出さずともいい。何気に、柊に申し訳なさを抱く。

真奈が飛び込んできた。

「いらっしゃい、真奈ちゃん」

「いらっしゃいました一葉ちゃん、あっ久ちゃんも！　や～、げんき～!?」

久太郎は一瞬戸惑ったが、思い出したのか、それとも単純に子どもが楽しそうなので自身も楽しくなったのか、尾を振って真奈の匂いを嗅《か》ぎながら歓迎の意を表明した。

久太郎はリビングへ駆け戻っていく。リビングに尾まで吸い込まれたかと思ったら、ひょっこり顔を覗かせた。口角が上がっている。遊びに誘っているようだ。

真奈はキャラクターのついた小さな、といってもそこそこ大きなリュックをキッチンの床に下ろすと、家に上がる。

ここには数回遊びに来たことがあるから、だいたいのところは覚えているらしい。

久太郎を追ってテーブルの周りを走り、歓声を上げて寝室に飛び込んでベッドに上がり、リビングに駆け戻ってくる。いつの間にか久太郎が真奈を追いかけている。それはそれは大はしゃぎだ。

「しーずーかーにぃ！」

双葉が大声を張り上げる。

女児と犬がぴたりと止まって双葉に注目する。

「真奈、ここはおうちと違って、ほかのお部屋とつながってるんだから騒いだらダメなの！　それに狭いんだから危ないでしょ。前にも言ったじゃない」

何気に一軒家とアパート暮らしを比べられてマウントを取られたような気がしたのは、きっと子どもの頃に培《つちか》った「比較癖」が発動したからだろう。双葉に他意はないのは分りきっているのに。

「うるさくてごめんね、お姉ちゃん。元気な証拠ってことで許してね」

双葉は一葉に両手を合わせてニコリとする。押しの強さも愛嬌《あいきょう》でカバー。

「もちろん。それに、はしゃぐのも今だけだと思うよ。そのうち飽きるからさ。ああ、お

「あ、コンビニで買ってきたよ」

一葉を引き留めて、双葉はオレンジ色のエコバッグからストローがくっついた紙パックのカフェオレとイチゴオレを出して、ローテーブルに並べた。

「あたし、イチゴオレね。お姉ちゃんはこっち」

一葉の前にカフェオレをとん、と置く。

イチゴオレにストローを刺してから「あ、振るの忘れた」と鼻にしわを寄せ、お姉ちゃんのカフェオレちょうだい、と素早く入れ替え、にこりとする。昔から変わってないなあ、と一葉はしみじみ妹を眺める。

双葉はパックが膨らむほど思う存分カフェオレを振ると、ストローを刺してダイソン顔負けの吸引力で吸い上げた。

久太郎とぬいぐるみを引っ張り合いっこしていた真奈が、パッと手を放して、真奈ものみたい！　とそばに寄ってくる。久太郎は勢い余ってひっくり返った。

「ダメ。真奈はもうごはん食べて歯磨きしたでしょ。パパに叱られるよ」

双葉がおどかす。

「え～」

口を尖らせる真奈。

「明日、一葉ちゃんに飲ませてもらって。ホラこれ、置いていくから」

　双葉は一葉にラクルトを渡した。

「しっかりしてる」

　尊敬の念を込めると、妹は、「パパがそういうの教えてるの。歯磨き後と夜八時以降の飲み食いはダメ。あたしはこっそり食べてるけど、子どもはまだ親の保護下だからおとなになるまではそういう風に教えようってさ。自分があんまり家にいられないものだから、そういうところはビシッとしてたいらしいんだ。おとなになったら好きにすればいいんだし」と笑った。

「真奈ちゃんたちラクルト飲むんだ？」

「パパが勧めるのよ。ラクルトと牛乳。それ以外は飲ませない」

「へえ」

　妹は、足を伸ばしてくつろぐ。

「優奈の世話だけでも大変だから、今日は助かっちゃった」

「大丈夫？　疲れてるの？」

　一葉が気遣うと、

「優奈がしょっちゅう熱出したりお腹壊《なか》したりするもんだから目が離せないの。ピアノ教室のほうも、コンクールが近いから忙しいし」

双葉はピアノを教えている。音響設備会社に勤める夫は忙しく、今日も出張で不在だという。

「でも息抜きだってしたいでしょ？　家に頼ってみたら？」

家とは実家のことだ。

「あ～、無理無理」

双葉は顔の前で手を振って言下に否定する。その手は大きく指は長い。

母は、双葉が幼い頃、長女にはないその特徴を見つけて、早くからピアノを習わせた。ピアノは母の夢でもあったから、あっちの教室こっちの教室、コンクール、衣装選び……などなど、そりゃあ熱も入ったわけである。

双葉もお姫様のようなドレスを着せてもらい、ヘアセットやメイクアップしてもらえる上に、母にちやほやされるのでピアノが楽しかったようだ。どんどん上達したし、どんどん綺麗になっていった。一葉と姉妹だと知ったひとが驚きを通り越して疑うほどに。

そんなにも仲良し親子がなぜ「無理無理」になるかというと、大学在学中に長女を妊娠したせいだ。

今でこそ孫を可愛《かわい》がっている母だが、「学生の本分は学業」の信念を背負っていた母は、当時かなり動揺し、感情のままにきつい言葉もぶつけた。

一方、普段から、表情の変化に乏しく無口でおっとりとしている父は、娘の妊娠を聞いても全く表情を変えず、口数も少ないままだった。ただ、ひと並みに動揺はあったらしく、湯飲み茶碗をひっくり返したり、喫煙者だった彼はたばこのフィルターのほうに火をつけたりといったことはあった。今現在は相変わらず表情筋は動かず、無口でおっとりなまま、孫が欲しがりそうなものを見つけては送っているらしい。

母は可愛がっていた娘に怒りをぶつけたことが気まずいのか、末だに、あからさまではないにしろ、ぎこちない空気は抜け切れていない。

当の双葉は「まあ、時間がたてばお母さんたちの気持ちも収まってくるんじゃないの」とあっけらかんとしている。

そろそろ帰るわ、と双葉は腰を上げた。

母親に「帰るからね」と宣言された真奈は、さすがにその時は寂しそうな顔をした。自分からお泊まりを希望したはいいが、まだ五歳。

双葉が「明日迎えに来るから」と続けると、ふわっと顔をほころばせた。

駐車場からステーションワゴンが出ていくのを、玄関ドアの隙間《すきま》からじっと見送る真奈の背中を一葉は見つめた。

ドアがふいに大きく開く。

真奈があとずさる。久太郎が玄関に下り、尾を振った。

「ずいぶん賑やかだけど、どした、の!?」

顔を差し込んできたのは石原《いしはら》だ。その脇腹と壁の間から佐知《さち》が覗き込んでくる。

真奈を見て目を丸くした。

ふたりの後方からヘッドライトが差し込み、コンパクトカーが白線の内側にピタリと収まるのが見えた。夏休みといえども、教員は仕事があるらしい。

「この子どうしたんですか？」

佐知がたずねる。

「ええと、姪……」

石原が体をひねって、駐車場に手を振る。

「柊くーん、一葉ちゃんにぃ子どもができたよー！」

バンッというドアが閉まる音が響き、革靴の音が猛然と駆け寄ってきた。

石原がそっくり返って腹を抱える。佐知が、んなわけないじゃないですか、と男ふたりに白い目を向ける。久太郎は吠《ほ》え立て、部屋の中にダーッと入っていってぬいぐるみをくわえて戻ってきて振り回した。

柊は真奈を見て、一葉に説明を求めるような目を向ける。

「姪っ子です。今夜一晩預かることになりました。真奈ちゃん、ご挨拶《あいさつ》しよう」

真奈に促《うなが》すと、真奈は手を前で合わせて深々とお辞儀をした。

「真奈です。ごさいです。たんぽぽぐみです。よろしくおねがいします」

おおー、と石原が感動する。

「立派だなあ、おじちゃんが五歳の時は、自分が何組か考えたこともなかったよ。石原智《とも》弘《ひろ》だよ。文豪って呼んでいいから。三十歳、赤組でも新選組《しんせんぐみ》でも養子縁組でもない無所属。今大傑作書いてるからマジで静かにしてねよろしく。あ、リンゴ好きかな。文豪が取ってくるね」

文豪が二階へ戻っていく。

「あたしは佐知。上に住んでるの。高校二年生。よろしくね」

佐知が手を差し出す。真奈は上目遣いに佐知を見て、その手の指三本を握った。

柊がしゃがんで真奈と目線を合わせた。

「柊爽太《そうた》です。隣に住んでる。学校の先生だよ」

温厚な声音《こわね》に一葉の頬《ほお》が緩む。

「真奈ちゃん、柊先生はお料理がとっても上手なの。それにね生徒さんにも人気があってね爽兄って呼ばれてる。私とか石原さんとかさっちゃんは、柊先生のお料理で元気を取り戻したんだよ」

一葉は柊を気に入ってほしくて、いいところを挙げる。

柊の顔が赤くなる。真奈の顔は曇《くも》っていく。ついにはふくれっ面《つら》になってしまった。

柊が、ひと見知りかな？　とたずねる。

真奈はクルリと身を返して一葉に抱きついた。そういう風に甘えられたことなどなかったので、一葉は不思議に思いつつも、嬉《うれ》しかった。

リンゴをふたつ手にして石原が戻ってきた。この時期のリンゴは冷蔵庫に保管されていたもので、味がぼけてモサモサしている通称・モサリンゴだが、リンゴの状態より石原の気持ちが嬉しい。

「石原さん、ありがとうございます。真奈ちゃんもお礼言おうか」

「ありがとうございます！」

真奈が手にすると、リンゴがバレーボールくらいに見える。

一葉は真奈の頭に手を置いて、みんなに頭を下げた。

「お騒がせしてすみません。真奈ちゃん、今日はそーっと動いて小さな声でお話しするゲームをしようね」

真奈に確かめると、五歳児は、「やる！」と元気よく返事をし、一葉に、しー、だよ、と教えられると、自分の口を押さえてポニーテールを大きく振って頷《うなず》いた。

石原と佐知が引き上げると、残った柊が一葉と向き合う。

「何か困ったことがあったら言ってください」

「その時はよろしくお願いします」

真奈がふたりを見上げる。

「これから学校のお仕事されるんですか?」

「ええ。普段よりはずっと少ないんですが、持ち帰ってきました」

「それはお疲れ様です」

一葉は、じっと見上げて話を聞いている真奈を傷つけないように、背伸びをして小声になる。

「あの……」

柊が身をかがめて耳を寄せた。

「できるだけ静かにさせますから」

「そんなに気を遣わなくて大丈夫ですよ、賑やかなのは生徒で慣れてますから」

放置されたと思ったのか、真奈が一葉の手を両手で引っ張った。

「一葉ちゃん、ながくおはなししないで!」

「はあい。もうお話はおしまい。じゃあ、先生、おやすみなさい」

「おやすみなさい。真奈ちゃん、おやすみ」

真奈はムッとしてそっぽを向いた。柊が苦笑いする。

「なんか、嫌われちゃったかな」

「そんなことないですよ、ねえ真奈ちゃん」

真奈はそれには答えず、身を返すと一葉の腕を肩にかけて、引っ張る。

「一葉ちゃん、はやくおうちはいろう。よるはおうちにいるの。おそとはおばけがでるんだから！」

　そう教えられているのだろう。一葉は、そうだね、と同意して柊に目で会釈する。柊も視線で返した。

　部屋に入ると、

「私、ごはんまだなんだ。食べてもいい？　久ちゃんもまだなの」

「ほんと？　真奈が久ちゃんにごはんあげてもいい？」

「いいよ。助かるなあ」

「やった！」

　エサ皿と水入れをしっかり洗って水気を拭き取る。それをリビングの隅《すみ》に敷いているマットに並べる。

　ドライフードの袋を開けて、エサ皿にはスコップですくって入れ、水入れには壁に寄せている五百ミリリットルのペットボトルの水を注ぐよう教え、そのふたを開けてやるとあとは真奈に任せた。

　一葉は夕飯を作ろうと、冷凍のごはんをレンジに入れ、冷蔵庫からレタスとハムを出す。

「あっ」

　真奈の声にリビングを振り向くと、姪は床に座り込んでエサ皿を呆然《ぼうぜん》と見下ろしていた。

ドライフードはエサ皿からあふれて床に撒かれ、袋を倒して中身を流れ出させ、ペットボトルは倒れて水が床にぶちまけられている。散らばったドライフードは急速に水を吸ってズブズブになり始めていた。

何、これくらい。想定内だ。

「ごめんなさい」

ワンピースの裾《すそ》を握って真っ赤になって謝る真奈に、「気にしない気にしない。お水をこの雑巾で拭いてくれるかな」と渡すと、雑巾の上に両手を揃《そろ》えてごしごし拭き始めた。ふっくらとしたその甲には、えくぼができている。久太郎も床の水を舐《な》めて手伝ってくれる。

「一葉ちゃん」

姪は俯《うつむ》いて一生懸命手を動かしている。一葉もズブズブになったドライフードを集める。

「なあに」

「真奈のことときらいになんないで」

一葉は姪を見た。さっきまで弾んでいたポニーテールが炎天下の立ち木のようにしょんぼりして、ほつれた髪が横顔にかかっている。

「ならないよ」

「ほんと?」

「ほんと」

真奈はホッとした笑みを浮かべた。

手を伸ばして、ほつれた髪を耳にかけてあげる。破れそうなほど薄くて繊細な皮膚。こんなに小さくてもちゃんと耳は耳だし、こんなに幼くても失敗したらやっぱりおとなと同じように、ちゃんと悔しいし悲しいし恥ずかしいんだ。

「わあ、ありがとう。床がピッカピカになっちゃった。真奈ちゃんお掃除丁寧だねえ」

拍手すると真奈は誇らしげに胸を反らせる。

「だっていつも優奈のこぼしたぎゅうにゅうとかおみそしるとか、ふいてあげてるもん」

「そうなんだ、偉いね」

「だっておねえちゃんだから」

ひどく世間的な理屈を言った真奈は反らせた胸を戻して、寂しそうな笑みを浮かべた。

一葉は改めてエサと水やりをお願いする。

真奈はちょっとずつ数回に渡ってエサを皿に移す。ペットボトルを両手で持って慎重に傾けていく。久太郎はそばで前足をちょこんと揃えてじっと見守っている。

一葉もそれとなく見守りながら夕飯作りの続きに取りかかった。レタスとハムをごま油とめんつゆで軽く炒《いた》め、レンジからごはんを取り出す。一度温まって膨れて伸びたラップが、再びしぼんでごはんにひたりとくっついている。ラップを剥《は》がして、ごはんを茶碗《ちゃわん》に転がし、炒めたものを乗っけた。

真奈は、時間こそかかったが、完璧にやり遂げた。

さっそく口をつける久太郎に「真奈があげたんだよ」と言い聞かせているのを聞きながら食べる超簡単な夕飯は、ここ最近で一番おいしい。

「真奈ちゃん、私お風呂に入ってくるから久太郎と待っててね」

そう断ると、

「真奈もはいる！」

キリッと立ち上がれば、久太郎もキリッと立ち上がった。

「真奈ちゃんおうちで入ってきたんでしょ？」

「でも一葉ちゃんとまたはいりたい」

久太郎も入れようと聞かなかったが、久太郎は風呂の入り口から頑として動かず。押しても引いても、散歩で帰宅を嫌がる時のように踏ん張って、テコでも動かない。真奈は諦《あきら》めた。

湯船は足を軽く曲げて入るくらいの大きさがあるので、真奈と浸かっても余裕がある。

真奈はいつも母子三人で入っているという。

「優奈はおふろきらいなんだよ。久ちゃんとにてるね」

「真奈ちゃんはお風呂好きなんだ？」

家で入ってきたのに、久太郎も入るという目算があったとしても、ここでもまた入りたがるのだから。

真奈はうーんと首を傾《かし》げる。ポニーテールの毛先がお湯に浸る。

「すきなときもあるし、すきじゃないときもあるよ」

「好きじゃない時は、入らないの？」

「はいる。ママがこまったかおするからはいる」

ひとは、いくつくらいから他人の顔色をうかがうようになるんだろう。

「優奈がね、はいりたくないってキーってさけぶと、ママはじゃあもういいっていうの。はいらなくてすんじゃうから、優奈ずるいなあっておもう」

一葉は真奈の額にくっついている前髪をかき上げてやる。

世間的な理屈も分かり始めた年頃だが、心情的には納得できていない。

あんまり物分かりよくなっちゃったらつまらないおとなになっちゃうよ、と呟《つぶや》いて、一葉の胸の中は、ただ、ひっそりとした。

「真奈ちゃん、お湯熱くない？」

「あつくないよ」

「よかった」

幼稚園で習ったという歌を大きな声で歌い始めたので、一葉は今日はどんなゲームをするんだったかなと、確認した。

「あ、しずかにするゲームだった」

小さな声で歌う。それを一葉にも覚えろという。一葉は真奈のワンフレーズのあとに続ける。

引き戸の曇りガラスに透ける久太郎の尾がリズムを取ってふわふわと揺れる。

風呂からあがると、洗面台の前に立ってドライヤーで髪を乾かす。真奈の髪の毛は繊細で瑞々《みずみず》しい。ちぎれないよう加減しながらブラシを動かす。真奈は気持ちよさそうに目を閉じていた。

久太郎が一葉のパジャマをはいたすねを軽くかく。

「久ちゃんもドライヤーやってほしいんだ？」

もうあらかた乾いていたので、真奈からドライヤーを外すと、真奈が髪を乱して振り返り、一葉の腕をつかんだ。

「ダメ！」

目元を赤く染め声を荒らげる。

「真奈がおわってからでしょ！」

一葉は面食らったが直ちに謝った。

それから真奈が満足するまでドライヤーを当てて髪をすいてやった。

その間、久太郎は気分を害した様子もなく、いつもの笑顔でちゃんと待っていた。しばらくテレビを見たり、しりとりをしたりなぞなぞをして遊んでいたのだが、テレビのバラエティ番組がＣＭに切り替わったタイミングで時計を見ると九時を過ぎていた。

「真奈ちゃん、そろそろ寝ようか」

五歳児はもう寝たほうがいい時間だろう。

真奈はまだ起きていたいようだったが、眠気には勝てず受け答えや動作が緩慢になる。ついに白目を剝《む》いたのを潮に、一葉は手を引いて寝室へ連れていきベッドに寝かせた。

「一葉ちゃんはいっしょにねないの？」

眠そうな声で問う。

「隣の部屋でご用をすませたら寝ようと思うんだけど、それでもいい？」

真奈は頷いて目を閉じた。

クーラーの温度と風量を調節する。いつも通り真っ暗にしたが、思い直して小さな明りをつけてリビングに戻った。

仕事用のカバンから茶封筒を取り出す。厚さは三センチ弱といったところ。封筒からダブルクリップで留められたＡ４用紙の束を引きずり出す。ゲラとかプルーフと呼ばれるもので、本になる前の原稿だ。出版社から送られてくる。読んだら感想を送ることになっている。

中央のタイトルの下に「竹原智樹《たけはらともき》」の名が印字されている。二階の小説家である。

休憩時間に途中まで読んでいたので、続きから読み始める。

小さなアパートを舞台に繰り広げられる日常生活を描いたほのぼの作品だ。部屋が隣同士の男女は互いに惹《ひ》かれ合っているにもかかわらず、やり取りがずれていてもどかしくなる。特に主人公の女性は稀代《きたい》の鈍感で、読んでいてやきもきしてくる。

集中力が途切れた時、そういえばこれを書いているのは、上に住んでいて毎朝叫ぶヘビースモーカーだったと思い出し、普段の彼と手元の物語とのギャップに頭の中がバグる。

夜中、狭いベッドに並んで寝ていた一葉は、かすかな泣き声のようなものを聞いて目を覚ました。

ぼんやりしていると、ベッドがかすかに沈み、足音が遠ざかっていく。

久太郎の足音がそれを追っていく。

キュウ〜ンという鳴き声で、ハッとして一葉は起き上がった。

隣に真奈がいない。

玄関ドアが開く音がした。

寝室を飛び出しリビングを抜けると、玄関ドアを開けて今まさに出ていこうとしている真奈の背中が、射し込む月光の中にあった。久太郎がオロオロしながらつき従っている。

一葉は、気持ちの中では焦っていたが、びっくりさせないよう、努めてゆっくりと静かに声をかけた。

「真奈ちゃん、どうした？」

姪が振り向く。涙で顔がグシャグシャだ。

「おうち、かえる」

「え。あ～……ホームシックだねぇ」

「おうちに、かえりたい。ママにあいたい」

顎《あご》を上に向けて洟《はな》を啜《すす》る。一葉はその腕にそっと触れた。

「分かった、じゃあ明るくなったら連れていってあげるね。今はまだ寝てようよ」

「やだ！」

「お外は危ないよ。暗いでしょ。おばけがうようよしてるよ」

「やーだー!!　真奈かえるー、かーえーるぅぅ！」

真奈の金切り声が、寝静まった住宅街に響き渡る。桜の木から夜の鳥が飛び立っていく。遠くで犬が吠えた。久太郎もわおおおおん、とやる。

隣の部屋の玄関灯がついて、ドアが開いた。久太郎がぴたりとおとなしくなる。

素足にサンダルを引っかけて柊が出てきた。半袖《そで》のシャツにグレーのサルエルパンツを身につけている。

久太郎はちょっと気を張ったようだが、吠えはしない。近づいてくる柊をじっと見て動向をうかがい始めた。

「す、すみません先生。ちょっとしたホームシックのようで」

一葉は釈明する。

「かーえーるーのおお！」

真奈は、一葉の手を外そうとして手首をギュウッとつかみ返す。思いがけず強い力に、気持ちが萎縮《いしゅく》しそうになる。

わおおおおん！

二階の小説家のドアも開いた。どどどど、と石原が下りてくる。

「何何何。ひとさらいにでも遭《あ》ってるみたいじゃない。も〜言ったでしょう、この文豪が大傑作書いてるって、静かにしてってって、ほんと頼むよプチモナンジュ」

「毎朝窓から叫ぶあなたが、どの口で言いますか」

柊が石原に白い目を向ける。

「かえるー！」

小さな天使は一心不乱に叫ぶ。一葉がよろめくほど、耳まで真っ赤になって泣いて帰ると訴える五歳児を見て、一葉は自分が悪事を働いているような気がしてきた。

「ちょっと柊君、何とかしなさいよ。君、子どもは得意でしょ静かにさせなさい」

石原が三人まとめて一葉の部屋に押し込むと、ドアをバタンと閉めて二階へ足音高く上がっていった。ついでに、吠えている遠くの犬に向かって「お黙り！」と叫ぶのも忘れない。犬は黙った。

一葉は、真奈の靴を脱がせてキッチンに上げた。内股《うちまた》の白いはだしは、まだ「あんよ」と呼びたくなるほど小さく華奢《きゃしゃ》だ。

玄関のたたきに立つ柊が、腰をかがめて真奈にゆっくり静かに声をかける。

「そっか、家に帰りたいんだ真奈ちゃんは」

真奈はしゃくりあげながら目をこすって頷く。

全くの赤の他人には、かろうじて感情を抑えることができるようで、一葉はこんな状況ながら褒めたくなる。

「偉いなあ」

柊が褒めた。

真奈がまばたきをする。

「真奈ちゃんはこんなに小さいのに、ひとりでお泊まりができるんだから、そりゃあ、偉いよ。お母さんも感心してるよ」

「ママ」

声を震わせつつも「お母さん」を「ママ」としっかり訂正する真奈。一葉はちょっと笑ってしまう。

「あそうか。ママもすごいって思ってるよ」

真奈はちょっと頰を緩めた。

「真奈ちゃん、ママは必ずお迎えに来てくれるからね」

一葉が言い聞かせると、真奈はこくん、と頷いた。

たたきで久太郎の足を拭いていると、見ていた真奈が「真奈もやる」と言った。

雑巾を渡すと、真奈は見よう見真似でこすり始めた。

久太郎も順番に前足や後ろ足を出して真奈に協力している。拭かれながら真奈の顔を覗き込んで、その鼻の頭をぺろりと舐める。真奈は小さく笑った。

久太郎につき添われて真奈はリビングへ向かう。

一葉は柊を振り向く。半畳ほどの狭い玄関なので、柊が近い。

「先生、ご迷惑おかけしました」

「いえ……。じゃあオレはこれで」

柊がドアノブに手をかけた時。

「爽太くんもいたらいいよ」

その声にふたりがそちらを見ると、リビングの出入り口から上下にふたつの目が並んでいる。顔を半分出してこっちを見ている真奈と久太郎。

「いっぱいいいたほうがさみしくない」

真奈が言った。半分ながら、真面目な顔をしているのが分かる。

ここで柊に帰られて真奈に泣かれるぐらいなら、いてもらったほうが助かるが、夜中だし彼にだって自分の時間というものがあるのだし。

「真奈ちゃん、それは」

「いいよ」

一葉の遠慮に重ねて柊が真奈に言った。

大丈夫ですかと一葉は小声でうかがい、柊は折を見て帰りますから、とささやいた。

「すみません」

「全然」

一葉はドアに鍵をかける。いつもは、入ってくる危険から守るためにやっていることが、真奈を閉じ込めようとしている行為に代わって、気がふさぐ。

キッチンに上がろうとした時、

「百瀬《ももせ》さん、足……」

柊が教えてくれた。

足元を見れば、はだしである。みっともなく土で汚れている。

自分では冷静でいたつもりが、このざまだ。

何とも言えない顔をしている柊と目が合う。

一葉は視線を巡らせて、床に落ちている雑巾に目を留め、拾い上げた。

「あ、これでとりあえず」

久太郎の足拭き雑巾で拭く。拭いているうちに滑稽《こっけい》さが込み上げてきた。足を拭くのを、リビングの出入り口から顔を半分覗かせたまま真奈が見ている。眉をハの字にしてすまなそうな表情だ。その口元がもぞもぞ動く。

謝ろうとしているのだろうか。もしそうなら、謝らないでねと一葉は願った。嫌わないから、だから真奈ちゃんも謝らないで。

それが通じたのか、それとも別な言葉があったのか定かではないが、真奈は押し黙り俯く。しゃくりあげた残りで肩が思いがけないタイミングで跳ねた。

一葉はつま先立ちで廊下に上がる。

真奈がリビングに引っ込む。

一葉は浴室で足を洗い、それから脱衣所で妹に電話をした。が、電源が入っていないというアナウンスが流れるだけ。

電話を切る。時刻を確認すると十二時半を回っていた。優奈の世話と家事と仕事で疲れているだろう。電源が切れていて逆によかったかもしれない。

手首に、小さな指の跡がついているのに気づいた。真奈につかまれたところだ。ちっちゃくて細い指。半袖をさらにまくって二の腕を確かめてみるとそこには何もなかった。跡がついていればいいと思ったわけではないが、さらりと何もないので、ひっそりとつまらない気持ちになった。

リビングに戻ると、柊が正座して、その前に不慣れな腕組みをして立った真奈がむくれていた。久太郎は真奈の横に執事のようにつき添っている。

どういう状況？　と首を傾げながら近づく。

「爽太くんはここにいてもいいけど、真奈より一葉ちゃんとなかよくしたらダメ。真奈の一葉ちゃんなんだから。久ちゃんとならなかよくしてもいいよ」

一葉は思わず笑ってしまう。振り返った姪と爽太くんと、犬。

真奈がしまった、という顔をした。

一葉はそばに行って、真奈の頭をなでる。

「私が柊先生と仲良くしたって、真奈ちゃんと仲が悪くなるわけじゃないよ。私は真奈ちゃんが、大好きなんだから」

目元がまだ赤いままの真奈がまばたきする。俯くと、言葉にならない小さな声を漏《も》らした。左手でパジャマの裾をギュッと握って、右手で目をぐいぐいこする。洟を啜る。

柊がボックスティッシュを引き寄せてティッシュを引き抜くと、何のためらいもなく洟を拭ってやった。

流れるような行動に一葉は目を見張った。真奈もびっくりしたようで、目をまん丸にしておまけにしゃっくりまでする。

一葉は笑った。久太郎が尾を振る。

ごみ箱を探してキョロキョロする柊に、一葉は手を差し出す。

「すみません」

と、柊が手に乗せた。

「いいえこちらこそ」

真奈はもう、仲良くしないでと怒らない。

ぐう、と真奈のお腹が鳴る。その顔が真っ赤になる。

「お腹が空《す》いているから余計に気分が落ちちゃってるのかもしれないね」

柊がほほ笑む。ああそういうこともあるかも、と一葉は合点して、また、彼がいてくれてよかったと思った。

ティッシュを部屋の隅のごみ箱に捨てて、一葉はキッチンへ入った。冷蔵庫からチョコレートとラクルトを出す。戸棚からはキャラクターのついたクッキーも。

「これ食べる?」

チョコレートの箱のセロハンを剝いてトレイを引き出し、真奈に差し出すと、彼女は首を横に振った。

「はをみがいたから、ダメ」

健気なことを言う。

「真奈ちゃん、頑張ってるから今日は特別だよ」

そばで柊がラクルトに手を伸ばす。久太郎がラクルトに鼻を近づけるので、柊は上体を引きながら、肘《ひじ》を張ってそれとなく牽制《けんせい》しつつふたを剥がしている。

「いいの？」

真奈の顔が煌《きら》めく。

「パパとママには内緒だよ」

「うん。優奈には？」

「優奈ちゃんにも内緒」

「わかった！」

「悪い伯母ちゃんだよねぇ」

「ううん、いいおばちゃんだよ」

真奈はさっそくチョコレートを口に入れ、柊が差し出したラクルトを受け取る。口をつける前に一葉は聞いた。

「ふた開けてもらったら何て言うのかな？」

忘れ物を思い出した顔で真奈は柊を振り向く。

「ありがとうございます！」

「どういたしまして」

チョコレートを口に運びながら、真奈はリュックに手を伸ばす。

手がチョコレートで汚れていることに気づいて、一葉はウェットティッシュで拭いてあげた。蝶《ちょう》の羽のように薄く繊細な皮膚に包まれた手は、強くこすったら剝けてしまいそうなほど危うい。

姪はリュックからピンク色のタブレットを取り出した。ぬりえもでき、クイズもでき、ゲームもできるという知育玩具《がんぐ》だ。

ローテーブルの上に出して、真奈はすぐに夢中になる。

一葉は柊に冷たい麦茶を出し、はす向かいに腰を下ろした。

「先生、すみません。こんな遅くにお世話になって。もう休んでましたよね」

「気にしないでください。起きてましたから」

起きていたと言われても、疲れてるだろうにいつまでも引き留めておくわけにいくまい。部屋に戻るように伝えなければ。だが、一葉の口から出たのは、

「お仕事、終わりましたか」

というものだった。世間話で引き留めてしまった。ダメじゃん、と心の中で自分にツッコむ。

「ええ。仕事終わってビール飲んで、で、歯を磨いてました」

確かによく見ると、口の端に白いものがついている。視線に気づいたようで、柊は親指で拭った。

「そういえば、前に差し入れしていただいた、炊《た》き込みごはんを入れた白い器《うつわ》、可愛いですね。陶磁器の温かみがあって」

「あれ、仙北町《せんぼくちょう》に新しくできた雑貨店で買ったんです。今度行ってみませんか」

「いいですか？　ぜひお供します」

「百瀬さん明日……あ、もう今日か、シフトどうなってます？」

「今日？　今日は休みです」

「じゃあ、今日行きますか」

急だなと思ったが、一葉は頷いた。

「行きましょう」

気持ちが浮き立つ。

「先生もお休みなんですね」

「ええ、夏休みでもいつもと同じ勤務なんで、土日は休みなんですよ」

柊は真奈たちを見やる。久太郎も、真奈の横からタブレットを覗き込んでいる。

「久ちゃん、子どもに大らかで感心します」

子どもというか、先生以外に、なんだよねぇ、と一葉は胸の内で苦笑いする。

「真奈ちゃんも、久ちゃんに全然ビビんなくて強いしなあ」

「先生はどうして犬が苦手になったんです？」

柊はあぐらの足を両手でつかんで引き寄せた。

「子どもの頃、オレのせいで兄がかまれたんです」

生まれたばかりの仔犬を見に行こうと、兄と兄の友人たちに誘われて、柊は通学路途中にある広い庭つきの一軒家に向かったのである。

その日は、飼い主は留守で――もちろん留守なのは確認ずみで――悪ガキたちは庭に忍び込んだ。

母犬は中型犬で、柊たちに吠えたことなど一度もない。家の前を通りかかると、白い柵の間から鼻先を出して挨拶をしてくれるほどフレンドリー。子どもたちはみんなその犬とは仲がよかった。

犬小屋にいた子育て中の犬は、気が立っていた。そこにきて礼儀の知らないわんぱく小僧たちが大挙して押し寄せてきたものだからたまったものではない。

「子を守る親っていうのはすごいもので……」

犬は、いくら頭に血が上っていても敵を仕留めるその判断だけは、冷静で的確だった。群れの中で一番小さな柊に飛びかかってきたのだ。

柊は背を向けて逃げようとした。

足がもつれて転んだ。

地べたに這《は》いつくばった柊は、身を返す。

広い庭を行き来できるようにしてある犬のリードは長かった。

目玉をこぼさんばかりに目をひん剝いて、耳まで裂けたように口を大きく開け、よだれの糸を引き、黒い歯茎を突き破って鋭く頑丈な牙を剝いた犬が襲いかかってきた。

純粋な敵意の塊《かたまり》に柊は動けなくなる。血の気が引いていくのと同時に、兄の友人らの叫び声も遠くなる。

目を見開いて固まっている柊の前に兄が飛び込んできた。

友人らの叫び声がぴたりとやむ。

次の瞬間、ぎゃあああ！　という友人たちの悲鳴が爆発した。

犬は兄のふくらはぎにガッチリかぶりついたのだ。

犬が頭を振ると、兄の体は揺さぶられた。

「近所のひとたちが騒ぎに気づいて駆けつけてきて、兄は救急車で運ばれました。十……いくつだったか縫う羽目になって……」

犬を処分するという話を聞いて、子どもたちはそれはやめてくれと頼んだ。自分たちが悪いことくらい十分認識していたし、時間がたつにつれてその時の恐怖は、子どもを守ろうとする母親に対する畏《おそ》れに変わっていたから。

ある程度仔犬が大きくなると、犬はかんだことを忘れたみたいにまた柵の向こうから尾を振ってくれた。兄やその友だちも以前の通りに手を振ったりなでたりした。

「ただ、オレはその家の前を通るのをやめました」

「目の前でお兄さんがかみつかれたんじゃ、そりゃあ怖いですよね」

「情けないですけど。恐怖が一番の理由ですが、犬を前にすると、兄がかばってくれたこと、その兄がかまれたことを思い出すし、自分たちのせいで仲のよかった犬を『ひとをかんだ犬』にしてしまって、処分の瀬戸際まで追い込んだのがすごく申し訳なくて、やりきれなくなるんです」

話し終わった柊の横顔を一葉は見つめ続けた。

柊はその視線に気づいたらしく、深呼吸して背筋を伸ばし、「感情がごっちゃになって、犬は苦手になってしまいました」と苦笑いした。

「恐怖ばかりじゃなかったんですね。今更ですが、大丈夫ですかうちに来て」

「万福荘に越してくるまでひたすら避けてきたんですが、久ちゃんのおかげで、今はだいぶ慣れたようです。あ、皮肉じゃないです」

ええ分かってます、と一葉は頷く。

「いいなあ、久ちゃん。久ちゃんだけのママがいて」

真奈がひとりごとを呟いた。

柊との会話に集中していた一葉は、フツリと集中力が途切れた。

真奈を見ると、久太郎のひげを引っ張ったりほっぺたを捏《こ》ねくり回したりしている。タブレットに飽きたらしい。

久太郎が片眉のあたりを上げて一葉に視線を送ってくる。頬が引っ張られて笑った顔になるが、むろん目は心情を物語っている。ぼくはこまったじょうきょうにいます。

真奈は、一葉と柊に注目されていることに気づいて決然と宣言した。

「真奈も一葉ちゃんの子どもになる」

柊が膝をローテーブルの天板の裏にぶつけた。グラスの麦茶が波打つ。

「真奈ちゃんは双葉ママの子どもなんだよ」

一葉は背を丸めて膝をさすっている柊を案じつつ、真奈に向き直る。

「だって、優奈がいるもん。真奈、真奈だけがいい」

久太郎の頬を引っ張りながら、女児は目を伏せる。自分が、褒められないことを望んでいると感じているようだ。

久太郎は、目を三角にしつつも、何かの修行のようにじっと耐えている。

「でも私は久ちゃんのママだけどいいの？」

「久ちゃんはいぬだもん」

え、そうなんですか！　というように久太郎は目を見開き、耳を立てた。

「真奈、久ちゃんのいもうとになる！」

「お姉ちゃんじゃなくて？」

「いもうとがいい、おねえちゃんはもういい！」

久太郎に抱きつく。久太郎はぐぅ、と喉《のど》の奥から空気を漏らした。

相当苦しいのだろう、愛犬は頭を振って逃れようとする。

真奈の気持ちをなだめてその腕を緩めようと一葉が手を伸ばすのと、久太郎の頭が真奈の顎に当たるのが同時だった。

「いたっ！」

真奈が悲鳴を上げ、腕を解いた。

「いたあい！」

解放された久太郎が、真奈の金切り声にハッと耳を立てる。そろりと鼻を寄せると、真奈は久太郎を見据えて、強く蹴《け》り飛ばした。

キャンッと鳴いた久太郎が転がり、テレビ台にぶつかる。一葉の心臓が縮む。

久太郎を抱き寄せて、気づいたら真奈を「こらっ！」と怒鳴っていた。

柊は意外そうな顔で一葉を見る。

真奈はびくりとすると、みるみる顔をくしゃくしゃにしてとうとう涙をこぼした。泣きながら周りを見回して、たまたま目についた柊に飛びつく。

柊は虚をつかれた顔をして、しがみつかれたままになっている。

真奈はその胸でわんわん泣き出した。

久太郎も一葉の胸に頭を押しつけて俯いている。

「真奈ちゃん、どうして私が怒ったか分かる？」

問うと、姪は柊の胸に顔をうずめたまま、ひときわ大きな声でうえええええと泣く。柊が小さな背中をさすってやる。

「久太郎はわざとじゃないの。弾みで当たっただけなの。痛かったのは分かるけど、蹴ったらいけないの」

言葉を放っているうちに、だんだん気持ちが鎮まってきた。

「真奈ちゃん、今度からは気をつけよう。ね。久太郎は謝ろうとしたでしょう。そしたら許してあげるの、ね？」

言い聞かせると、柊に頭をなでられ背をポンポンと叩かれていた真奈は嗚咽《おえつ》しながら、はいぃぃ、と声を震わせた。

「よかった。じゃあ、おいで」

一葉が両手を広げる。柊が真奈の肩に手を置いてやんわりと胸から離して促すと、真奈はしゃくりあげながら、内股でそろそろとやってきた。

久太郎の隣に体をねじ込んで一葉に腕を回してくる。

「顎のどの辺にぶつかったの?」

「ここ」

真奈が顎の右下を指す。赤くさえなっていないそこを一葉はさする。しばらくさすっていると、真奈は久太郎に意識を向けた。ごめんなさい久ちゃん、と蹴ったところをなでる。久太郎は真奈の濡れた頬をぺろりと舐めた。

「久太郎、もう怒ってないって」

一葉が通訳すると、真奈は久太郎の顔を覗き込む。久太郎は真奈の鼻を舐めた。

「よかった」

と真奈は笑って鼻を拭う。

柊を振り向いて、

「さっき、いじわるいってごめんなさい」

と、謝った。

「いじわる?」

「真奈より一葉ちゃんとなかよくしたらダメっていっちゃったこと」

「気にしてないけど、そしたらオレも、百瀬さんと仲良くしていいの?」

一葉の胸が音を立てる。

真奈は鷹揚《おうよう》に頷いた。

「いいよ」

「よかった」

細めた目のまつ毛の上で、蛍光灯の光が跳ねる。

真奈は一葉の腕から抜け出て、リュックから表紙にうさぎが描かれた絵本を引っ張り出した。

『ぼくにげちゃうよ』

「一葉ちゃん、これ読んで」

一葉は受け取ると、あぐらをかいて足の間に真奈を座らせた。後ろから包むようにして真奈の前で絵本を開く。

一葉は真奈の頭に顎を乗せる。

「真奈ちゃん、大きくなったねえ」

そう褒めると、真奈は沈黙した。

「真奈ちゃんが大きくなると、百瀬さんは嬉しいんだよ」

柊がテーブルの向こうから言う。

「なんで？」

「もっとたくさん一緒に遊べるし、たくさんお話もできるようになるだろ？」

「そっかあ」

真奈は安心したようだった。

「あのね、どうして一葉ちゃんと爽太くんはお友だちなのに、おなまえをよばないの」

純朴《じゅんぼく》な質問を投げかける。

「真奈は、あやめちゃん、ルナちゃん、こうきくんってよんでるよ。みんなそうだよ、なかよしだから」

一葉と柊は目を見合わせる。

「呼ぶよ」

柊が言った。

「うん、呼ぶ」

一葉もそう答え、姪を見下ろす。

真奈が薄茶色の眉をひそめてふたりを見上げる。一丁前に疑っている。

「呼びますよね……爽太さん」

「もちろんです。一葉さん」

真奈は絵本に顔を戻した。無反応かい、と一葉と同じことを恐らく柊も胸中で突っ込んだであろう顔をした。

久太郎がぬいぐるみをくわえてそばに来た。真奈の膝の上に、ぽいっと置けば、真奈が破顔する。久太郎にお礼を言って取り上げ、「ぬれてるー」とキャッキャと笑って手のひらをパジャマになすりつけた。

久太郎はよろこんでいただけてなによりです、というように尾を振ると、あぐらの外側から絵本を覗き込む。

「久ちゃんもよみたいんだね」

真奈が頭をなでる。

久太郎が伏せ、一葉の太腿《ふともも》に顎を乗せる。

「はやくよんで」

真奈が催促する。

「かしこまりました、プチモナンジュ」

子うさぎが家出する手段をあれこれ画策するも、母うさぎはユニークな方法でつかまえようとする追いかけっこの物語だ。

読み終わるとすかさずもっかい読んで、とのリクエストが入り、それを二回こなし終わった頃には、真奈は腕の中で眠ってしまっていた。安心しきって背中を預けている。

その重さと温《ぬく》もりが愛《いと》おしい。

歯磨きさせずに寝かしてしまった。まあいいか、明日の朝一で磨かせよう。

ふと見ると、柊の姿がない。ローテーブルの向こうに首を伸ばすと、ラグに横たわって寝息を立てていた。

歩美《あゆみ》だったら、

「お前も寝るんかーい！」

と、絵本を頭に向かってフルスウィングしているかもしれない。かもしれない、というか、絶対やってる。

歩美のツッコミはともかく、こうして助けてくれることに気持ちが潤う。

一葉はそっと真奈を抱き上げて寝室へ運ぶ。真奈は眠りながらも一葉の首に手を回しぴったりとくっついてきた。

透明なお湯が胸の奥から湧き出てきて全身に広がっていくような感覚を覚える。懐かしくて切ない。

ベッドに寝かせてタオルケットをお腹にかけた。

さて、柊を起こすべきか寝かせておくべきか迷いながらリビングに戻る。

柊は口を薄く開けたあどけない顔をしている。

「…………………」

これ、起こせるひと、世の中に何人くらいいるだろう。

立ち尽くして寝顔を見下ろす。

あどけないながら、「残業明けの休日に愛娘《まなむすめ》の遊びにつき合っているうちに、いつの間にか寝こけてしまったお父さん」という図が思い浮かんでしまう。

よく見ると、まだ口の端に歯磨き粉がついていた。

一葉はローテーブルの上のウェットティッシュを取って、口元に手を伸ばす。口角に触れる。慎重に拭うものの、口元はやわらかいわ、歯磨き粉は固いわ。ちょっと力を入れたら、指がずぼっと口に入ってしまった。

わ、しくじった。

柊が顔をしかめて横を向く。

急いで手を引きかけた。手首をつかまれた。

息を呑《の》む。

視線をずらすと、柊が目を開けている。焦点はぼやけているが、ばっちり起こしてしまった。

かすかに眉を寄せている。その顔は、迷惑そうにも、何が起こったのか分かっていなさそうにも見える。

怒るよね。そりゃ怒るよ。寝てる時に口に指突っ込まれたんだから、いくら普段が温厚でも控えめに言って殺意抱くよ。鼻の穴じゃなかっただけましじゃないか、なんて言い訳は立つはずがない。

ぐるぐる巡る思考。

とはいえ、顔、近い。

身を起こそうとした。

柊が頭を持ち上げる。その目が伏せられる。一葉の口元に視線が向けられている。綺麗な奥二重のまぶただと思った。

柊の顔に影がかかる。自分の影だと気づく。こちらが近づいていっているのか柊が近づいてきているのか分からなくなる。いい香りがする。頭の中がぼんやりしてくる。

一葉はゆるゆると目を閉じる。

はっはっはっは。

左頬に生臭い熱い息がかかり、横を向くと、久太郎が舌を出してお座りしていた。

「き、久ちゃ……ん」

一葉は身を起こす。

久太郎はおもむろに足元に置いたキュウリのぬいぐるみをくわえると、思い切り仰《の》け反った。ぴたりと止まり、風を切って首を戻し、鞭《むち》のようにしならせたキュウリでもって柊のおでこをぶっ叩いた。

「いっだっ!」

柊が額を押さえながら身を起こす。「ちょっ……今思い切り反動つけましたよね、首のスナップ利かせましたよねこれ」

久太郎はぬいぐるみをくわえたまま吠える。

ぬんぬんぬん！

普通に吠えるより不気味で、そのため精神的なダメージがある。

「久ちゃんいい子だから落ち着いて。静かにしよう。真奈ちゃんが起きちゃうから、しー」

そんなことでは久太郎は収まらない。

うちの、ひめに、なに、さらしとんじゃあああ！　というガラの悪さ全開でぬんぬん吠える。

吠える久太郎に追い立てられるようにして柊は外に出た。

一葉も素早く外に出て、後ろ手でドアを閉める。久太郎が内側からドアを引っかく。

「この間は久ちゃん、先生を」

「戻ってます」

「はい？」

「呼び方、戻ってますよ一葉さん」

「あ、そうでした。爽太さん、です。で、この間は爽太さんをうちに追い込んだのに」

「この間？」

「マリーさんが亡くなって、爽太さんが炊き込みご飯の差し入れをしてくれた時です」

「ああ……そうでしたね」

「なのに今日は猛然と追い出しました。行動がちぐはぐで……。翻弄《ほんろう》させてしまいすみません」

「うーん」

柊はうなじに手をかけて首をひねった。

「表に出てる行動はちぐはぐに見えていても、久ちゃんの行動原理には、これという揺るぎないものがスッと通っていそうです」

熱心にカリカリと引っかく背後の音に、耳を澄ます。

そっか。

肩越しに振り向いて伝える。

「久ちゃん、私も大好きだよ」

カリカリが止まる。ドア越しにも穏やかな空気が伝わってきて、尾を振っているのが見えるようだ。

一葉は柊に向き直る。

「夜遅くまでつき合わせてしまい、すみませんでした。でも来てくださって助かりました。ありがとうございました。真奈も爽太さんにとうとう懐きました。さすがです」

「お役に立ててよかったです」

「真奈を叱りつけてしまって雰囲気悪くなりましたよね。爽太さんの気分を害したんじゃないかと」

「全然。驚きましたけど、なんていうか、ああよかったって思いました。ちゃんとけじめがついたっていうか。真奈ちゃんが理解したのが一番よかったです。オレも学校で怒鳴ってますよ。叱るほうだって平気じゃないんですけど、そこはあとあと子どもの将来を考えたら、やらなきゃなりませんもんね」

同じ考えを持っていることに一葉は、安堵《あんど》する。

「マリーさんに似てるなって思いました」

思いがけない名前を耳にして一葉の胸が温まる。

「そういえば、マリーさん、そういうところ厳しかったですもんね。酔っ払いを躊躇《ちゅうちょ》なく叱りつけましたし」

「あったかいひとだったんだと思いますよ」

一葉は柊の言葉をかみ締める。

夜の深い時間に吹く風はぬるく、湿り気を含んでいる。見上げている一葉と、見下ろしている柊との間に間があった——。

「それじゃ、おやすみなさい」

柊が先に切り出した。

「はい、おやすみなさい」

一葉はそう返した。

互いに部屋へ戻った。

一葉はドアに背を預けて深々と息を吸う。久太郎が見上げている。一葉はしゃがんで久太郎の前足を手に取る。せっせっせと揺する。

歯磨き粉を拭こうとしてですね、と愛犬に向かって胸の中で言い訳した。この言い訳を柊にすることは、今後ないだろう。

久太郎はせっせせっせと揺すられながら一葉の手を嗅いでいる。

柊は寝ぼけていたのかもしれない。酔っていたのかもしれない。それでも一葉はふんわりとしたやわらかい心持ちになっていた。今は、それを大切にしたいと思った。


窓の向こうで、桜の枝葉が大きく揺れていた。ねずみ色した雲の動きが速い。

「きょう、ママがおむかえにくるね」

真奈が朝食のロールパンサンドイッチにかぶりつきながら声を弾ませた。

姪は朝から食欲旺盛《おうせい》だ。ロールパンにバターをたっぷり塗ってチェダーチーズ、レタス、トマト、ハムをはさんだそれは二個目。シャリシャリとレタスの音を立て、ほっぺたを膨らませる食べっぷりに目を細めずにいられない。

「ママのお迎えが嬉しい?」

「うん！」

満面の笑み。

真奈が生まれた時、双葉は猫可愛いがりした。赤ん坊の真奈に頬ずりをする妹を見て、一葉は自分が生まれた時も、母はこんな感じで可愛がってくれたのかもしれないと想像したものだ。

子どもの頃、人形遊びに夢中だった双葉。娘を産んだらそれが再燃したみたいだった。自分とお揃いの服を着せてどこにでも連れて歩いた。だからといって、生活のすべてを娘に捧げるというわけではなく、ピアノ教室も時間を減らして続けたし、自分自身の手入れも怠《おこた》らず、おしゃれにも余念がなかった。むしろ、真奈が生まれたことで、より一層張り切って自身のことも構い出した感じだった。

ところが優奈が生まれると、双葉の関心はそちらに移った。双葉だけではない、父親や祖父母だって、どうしたってより小さい子に目が向かう。きっと真奈は状況がよく理解できないまま、突然放り出された気分になったのじゃないだろうか。あるいは嫌われたとすら感じたかもしれない。

今朝は一緒に歯を磨いた。

子ども用の歯ブラシは、冗談のように小さい。肘を突っ張らかして磨く姪。

ストロベリーの香りが広がる。洗面台に置かれた歯磨き粉が目についた。

「あら〜、このイチゴの歯磨き、懐かしい。私が子どもの頃もあったんだよ」

「コンビニにあるよ」

「へえ、目に入らなかったなあ」

いつの間にか、必要なもの以外は視線すらも寄り道しなくなってしまった。

「これ、『おこさまよう』なんだよ。一葉ちゃんもつかってたの？」

「うん」

「なんで？」

「私もお子様だった頃があるんだよ」

「ふうん。一葉ちゃんは、おこさまのときからママのおねえちゃんなんだよね」

「うん。そうだね。ずーっとね」

「真奈とおんなじね」

「そうだね」

「一葉ちゃんもピアノひける？」

「ううん、ひけない」

「なんで？」

「私はやってなかったんだよ」

「なんで？」

指が短かったし、音楽のセンスもなかった。興味すらなかった。いや、興味はあった。でも興味ないふりをした。妹と比べられる要素は排除したかったから。比べられて惨《みじ》めな気持ちになるのを避けたかった。だから一葉は、自分の興味にすら目をつむった。「同じ姉妹でこうも違うのねえ」と母は不思議そうに困ったように、かつ双葉を持ち上げるように言った。

双葉は早くからピアノ教室の先生になるのを夢見て、母親もそれを望んでおり、彼女は音大付属の高校に進んだ。芸術はお金がかかる。普通のサラリーマンとパートの給与で賄《まかな》われていた家計には、普通高校と音大付属高校に同時に通わせるのだけでも楽ではなかった。

進路を決める時期になり一葉は、候補に入れていた教育学部のある四大を寮のある短大の文学部に変えた。何が何でも教員になりたかったわけではなく、選択肢のひとつという程度だったのが幸いだった。そうでなかったら、悔いが残ったと思う。

真奈の口から泡が垂れる。一葉は拭ってやる。口に指を突っ込まないよう気をつける。

「一葉ちゃん、一葉ちゃん」

真奈が顔を横に向けた。

ぼんやりしていた一葉は我に返った。真奈の視線の先を見ると、洗面所の出入り口に久太郎が立っていた。口に携帯電話をくわえている。ヴーヴーと震えていた。

かけてきたのは双葉だった。

『着信あったけど、何だった？』

「あー、えーと。真奈ちゃんがホームシックにかかっちゃって」

あははと双葉が笑う。

『やっぱりー。お母さんとこ行ってもそうだったもん。そうなるって分かってるはずなのに、また泊まりに行きたいなんて、ほんっと何考えてんだかさぁ。で、今は？』

「朝ごはんすませて歯を磨いてる」

『朝ごはん？　食べたの？』

「サンドイッチをモリモリと」

『あの子、朝はラクルトくらいしか入れないのに、すごいじゃない。子どもって現金ねぇ』

「何時頃来る？」

『それがねぇ』

昨夜から優奈が熱を出して、今病院にいると伝えてきた。

「え。大変。大丈夫なの？」

『今はもう下がったんだけど、様子見てから帰るから、お迎え遅くなっちゃう、ごめん』

「そうだったんだ。ごめんね夜中に電話しちゃって。疲れてるでしょ。……私は構わないけど」

真奈に視線を流す。真奈はタオルで口を拭いながら上目遣いで一葉を凝視していた。さりげなく真奈に背を向ける。

真奈ちゃんががっかりするんじゃないかな。その言葉を今、妹に言うのは酷だ。

『お姉ちゃん、上手《うま》く誤魔化しといてよ』

いつだって、ややこしいことはお姉ちゃんやっといてよ、なんだよこの子は。妹の調子のよさに苦笑いする。

電話を切ると真奈がせっついてきた。

「ママでしょ？　ママ、もうくるんだね？」

「えーと……」

真奈はこうしちゃいらんない、とばかりに洗面所から駆け出していく。一葉はあとに続く。姪はいそいそとタブレットをリュックに詰め始めた。

「真奈ちゃんあのね、まだもう少し時間かかるんだって。でも、いろいろご用事をすませたら急いで来るって」

がっかりさせないよう、言葉を選んで伝えると、真奈は手を止めた。

一葉をじっと見る。真偽を見抜くようなまなざしに、一葉は内心たじろぐ。

「優奈、またぐあいわるくなったの？」

「え？」

「一葉ちゃん、だいじょうぶなのって、いった。優奈、いつもおねつだすから」

「あ……うん」

真奈はそれ以上聞いてこなかった。テレビに向き直って膝を抱える。

一葉は、ちんまりした背中と、そこに浮き出ている貝殻の形をした二枚の小ぶりな羽を見つめた。


風が強まってきた。掃き出し窓の前の桜が大きく揺れて、葉っぱが飛んでいく。

久太郎に見守られながらお風呂とトイレの掃除を終えて戻ってきたリビングは、しんとしていた。

「真奈ちゃん?」

久太郎が床を嗅ぎ、玄関ドアと一葉を交互に見てそわそわする。

一歩、玄関へ踏み出した一葉が踏んづけてしまったのは『ぼくにげちゃうよ』。

まさか……。

玄関に真奈の靴はなかった。

ドアを開けると、湿った重たい風が一気に吹き込み、一葉を部屋の中に押し戻そうとする。灰色の雲がどんどん湧いてきて、風まで灰色に見せる。

久太郎も出ようとした。

「久ちゃんはちょっと待ってて」

押し留めてドアを閉め、柊の家のインターホンを押した。

昼間なのにあたりはみるみる暗くなってくる。

間もなく出てきた柊に、挨拶もそこそこに真奈が来てないかたずねた。もし来ていたら、柊ならすぐに知らせてくれるはずだからそんなことはないのだが、どうすればいいのか頭が固く強張《こわば》っていて、取るべき行動が思いつかなかったのだ。

「来てません。真奈ちゃんいなくなっちゃったんですか」

柊の眉がひそめられる。

双葉は、お泊まりにはまってると言っていたが、はまってるのはお泊まりじゃなくて、家出だ。しかも「はまってる」というような軽い感じではない。

ひと際強い風が吹いた時、一葉の部屋のドアが、突然、一気に大きく開いた。

飛び出してきた茶色。

「久ちゃん！」

久太郎は敷地の外へまっしぐら。追いかける一葉。柊も走った。

「待って、久ちゃん！　久太郎待て！」

一葉の金切り声が、中央通りに出る寸前で久太郎の足を止めさせた。振り返る。

一葉は駆け寄り、久太郎をつかまえると部屋に連れ戻した。

「久ちゃん、真奈ちゃんの匂いを辿《たど》れたりするかな」

閃《ひらめ》いた一葉は、真奈のリュックからパジャマを取り出し、久太郎に嗅がせた。とうに分かっているだろうが念のためだ。

「覚えた？　真奈ちゃんの匂いだよ」

久太郎にリードをつけて外に出る。

久太郎は中央通りまでふたりを引っ張っていったが、そこからは地面を嗅ぎ、街路樹の根元に小便を引っかけ、後ろ足でわしわしと土をかけることに熱中した。

「ダメだ……そう、うまくはいかないか」

「訓練してないからしょうがないですよ。真奈ちゃんが行くようなところに心当たりはありませんか？　子どもの行ける範囲ですから、近いはずです」

柊に言われて、一葉は記憶を遡《さかのぼ》る。双葉との会話がよみがえる。

「……確か、きなこの家に行ってたって言ってたっけ……」

「きなこ？」

「ええ。犬です。でも知り合いの犬はこのあたりにはいないはずです。あ、それから公園に隠れてたとも」

久太郎が風に顔を立てる。耳を、レーダーのように動かしている。黒い鼻をうごめかしてじっと見ているほうは――。

「盛岡城跡公園かもしれません。万福荘に遊びに来ると、帰りには必ずそこに寄ると双葉が言っていたし、幼稚園の遠足や花見でもそこが定番だそうですから」

「行きましょう。クルマ出しましょうか？」

「あ、いえ。見落とす可能性もあるので、歩いて行きましょう」

ふたりが踏み出すと、久太郎も尾を振って地を蹴った。

万福荘から城跡公園まではクルマで行っていたので、真奈もその道順を辿るだろうと当たりをつけて片側二車線の中央通りを急ぐ。

途中、短い横断歩道の信号待ちの際に、双葉にショートメッセージを送った。

『真奈がいなくなった。盛岡城跡公園に向かいます』

手が震えているのに気づいた。動揺に操られてはいけないと、きつく拳《こぶし》を作る。

横断歩道を渡り、コインパーキングを過ぎ、食堂の店の前を抜ける。いつの間にか駆け足になっていた。

携帯電話が鳴った。ビクリとする。画面には「双葉」と出ている。

耳に当てた瞬間に『何やってんのよ！』と怒鳴られた。

一葉は手短に状況を話す。

『なんでそんなことになるわけ!?　信じられない。どうしてちゃんと見ててくんなかったの！』

あんなに朗《ほが》らかな妹が一変。必死な金切り声に、胸がえぐられる。

「ごめん。ほんとごめん」

一葉は情けなくて、謝ることしかできない。電話はブツッと切れた。

湿ったぬるい風がゴウゴウ吹く。藩校作人館《さくじんかん》跡の巨木の梢《こずえ》が恐ろしい音を立てて引きちぎれそうになびいている。

「大丈夫ですか?」

柊がうかがう。彼はちっとも息を切らさない。一葉は走ったことと怯《おび》えで息が乱れている。肩を上下させながら、奥歯をかみ締めた。

「やっぱり母親ですね。普段、あっけらかんと明るい妹が別人みたいに慌ててました。ほんとに申し訳ないことをしました。真奈に何かあったらどうしたら……」

胸に残る、あの温かくてやわらかくてひたりと吸いついてくる愛くるしい生き物が、どこに行ったか分からなくなるという恐怖といったらない。伯母でこうなのだから、母親ならいかばかりか。

柊が励ますように、一葉の背を叩く。

一葉は深呼吸する。そうだ、泣き言を言ってる場合じゃない。今は見つけ出すことに集中するんだ。

復興庁前を過ぎ、石割桜《いしわりざくら》前を抜け、ゴシック様式の岩手公会堂を横目に「赤い羽根にまごころを」という横断幕が張られたどんつきの市役所に行き着く。

愛犬が交差点を渡ろうとした。

一葉はすかさず首輪をつかむ。多くのひとたちと共に信号が変わるのを待つ。

排気ガスを巻き上げてタンクローリーが行き過ぎる。振動が足裏から伝わって心臓を震わせる。この交差点を五歳児がひとりで渡ったであろうと考えるとゾッとする。

歩行者の信号が青に変わった。周りが動き出すと久太郎も走り出した。

公園の地下駐車場前まで来た。

久太郎がしっかりと公園を見据えて尾を揺らす。その様子に、真奈は間違いなく公園にいると確信した。

その時、雷鳴がとどろいた。

ピカッと白い強烈な光に目が眩《くら》んだかと思ったら、ドゴンッときた。久太郎はビクッと縮こまる。背を丸めて尾を股の間に潜り込ませて一歩も動こうとしない。

公園は広大で、正直、久太郎の鼻がなければ探し当てられそうにない。

ブルブル震えている久太郎の背をなでて励ます。頰を両手で包んで額を合わせた。

久太郎の震えが少しずつ収まっていく。

まだ震えの残滓《ざんし》がある中、久太郎は額を離し、公園の中へ小走りに入っていく。

巨大な岩や、石垣、大きな池もある。おとなと一緒なら何ら危険はないが幼い子がひとりだと格段に危なくなる。

　遊歩道を久太郎についていきながら、一葉の脳裏に、妹を公衆トイレに置き去りにしたことがよみがえってきた。

　一葉が九歳で、妹が七歳の時だ。

　一学期の終業式の日、一葉たちは一緒に帰路についていた。自分の画板と絵の具、紙粘土の人形、上履きに加えて妹の上履きと、アサガオの鉢植えを持っていた。

　注ぐ日差しは獰猛《どうもう》で、全身が焦げそうなほど熱く、アスファルトからは石油のような臭いが立ち上っている。息苦しいほど蒸し、ミンミン蟬の鳴き声が脳みそを引っかき回す。

　不動産屋の前でアロハシャツにペイズリー柄《がら》の七分丈パンツを身に着けた目にやかましいおばさんが、豪快に水を撒いていたが、道路に黒く浮かび上がったシミはスポンジに吸い込まれるように瞬《また》く間に消えた。さほど意味はないように見えた。どころか、余計に暑くなる。ランドセルを背負った背中は汗をびっしょりかいており、シャツが貼りついていた。一刻も早く家に帰りたい。

　双葉がトイレに行きたいと訴えたのは、家まであと十五分ほどというところだった。

　通学路沿いにある小さな公園のトイレに連れていった。

　一葉は荷物を地面に置くこともせず、抱えたまま何かの罰のように、出入り口のわずかに張り出した庇《ひさし》の下に立って待った。

夏の空は不安定だ。西の空から分厚い雲が流れてくると、あんなにギラギラしていた日差しが鳴りをひそめ、あたりがふつりと暗くなった。蝉の声がぴたりとやむ。涼しい風が吹き抜けた。

ふと、魔が差した。

今帰れば母を独り占めできる――。

双葉が生まれて「お姉ちゃん」になった時から、一葉にとって母親は遠くなった。

大好きな母が、急に双葉双葉となってしまった。

もちろん、一葉だって双葉は可愛い。

しかし、それとこれとは別だ。双葉が年少で可愛いからといって、母が双葉にかかりきりというのには不満があった。もう少しこっちを気にかけてくれてもいいのではないか。

それに、母を独占する双葉に対しても言い表せぬモヤモヤを抱いていた。

このふたつの感情はいつもせめぎ合っていた。拮抗《きっこう》する感情に翻弄され、何をしていても気持ちの底がざわざわしていたのだ。

ふたりきりになれる時間なんてほんのちょっとだろう。焼けたアスファルトに撒いた水のようにはかない時間だろう。それでもいい。

一葉はあとずさると、踵《きびす》を返して駆け出した。

光が空を切り裂いた。遠くで雷が鳴った。足の運びが鈍くなる。

一葉は雷は平気だが、妹は違う。雷の日に外に出ると雷様にへそを取られると本気で信じていた。

ゴロゴロゴロと唸る空に、咎《とが》められているような気がしてくる。

分厚く重なる雲のひだから、何かが嫌な笑みをにじませて凝視しているような気がした。

ついに足を止めて雲の間を見澄ました。

一葉はつばを飲む。

見えたその何かは、自分だった。

雨が降ってきた。

一葉を打ち据えるような大粒で、真夏なのに、冷たい。

一葉は公園を振り向いた。立ち木の向こうに、灰色のコンクリートのトイレがあるが、今は雨でよく見えない。

妹の荷物を持ったままなのに気づいた。

閃光《せんこう》が走った。次いで、巨大な重機でも落ちたかのような凄《すさ》まじい音が空気を震わせると、一葉は公園に一目散に向かった。

双葉はトイレの中でしゃがんでいた。一葉の姿を見ると駆け出してきた。スカートにシャツをねじ込んで、そのスカートだって高い位置にずり上げて万全のへそ保護対策を取っていた。

一葉に飛びつく。じっとりと濡れて、シャツが貼りついているところにさらに抱きつかれて気持ちのいいものではなかったが、それ以上に、一葉を温める妹の温もりが優しくて、一葉の全身から強張りが解けていく。戻ってきたのは正解だったと一葉は自身に言い聞かせた。

家に帰った時には、ふたりともびしょ濡れで、双葉は風邪を引いた。

置き去りにされかけた妹は、母に何も言わなかった。

寝込んだ双葉に、一葉は母を手伝ってリンゴのコンポートを作った。砂糖を多めにしたのは一葉の提案。罪滅ぼしのつもりだ。

双葉は手をつけなかった。

具合が悪くて食べられないというのもあろうが、置き去りにされかけたことを恨んでいて、私が作ったものは食べたくないと拒絶しているんじゃないかと推量して、一葉は落ち込んだ。

しばらくは、双葉の風邪がよくなりますように、ということと、双葉が元気になっても、置き去りにされかけたことをお母さんに告げ口しませんように、ということを念じていた。

今考えると、もしあの時自分だけ先に帰ったとしても、母の詰問は免《まぬが》れなかっただろう。

雲が詰まり、ギリギリで堪《こら》えていた空がとうとう泣き出した。

宮沢賢治詩碑《みやざわけんじしひ》の横を通って鶴ケ池《つるがいけ》を越えた。多目的広場にある四阿《あずまや》には誰もいない。その屋根に激しく雨が当たり白く煙っている。

と、世界が強烈に光った。雷が鳴り響く。

久太郎が、地面に足が引っついたかのように全く動かなくなる。

一葉はぶるぶる震える久太郎を抱き上げた。

「これ以上は久ちゃん、無理です。私は三ノ丸のほうを探します」

柊に告げる。

「じゃあ、オレは本丸のほうを」

ふた手に分かれる。

誰もいない広場から遊歩道の坂を上る。マリーさんと乗ったブランコは大粒の雨に打たれて震えているように見える。

マリーさん、どうか真奈ちゃんを守ってください。

三ノ丸に上がった時、久太郎が吠えた。

久太郎が注目している烏帽子《えぼし》岩の裏手へ顔を向けると、先ほどとは別の四阿・拾翠亭《じゅうすいてい》のベンチに膝を抱えて座る真奈の姿が見えた。

久太郎の声が届いたのだろう、立ち上がった姪っ子は、スカートにシャツをしっかりとしまって、へそが出ないようにしている。

彼女のもとへ駆けつけようとした時、「お姉ちゃん！」と呼ぶ声が耳に届いた。

雨で煙る中、傘を差した双葉が遊歩道を駆け上がってくるのが目に入った。


「お姉ちゃんって、昔っからぼんやりしてるところがあるのよ。でも今度のことはぼんやりですまされないいんだからね、分かってる？　子どもの命なんだから。何事もなかったからよかったようなものの、連れ去られたりでもしたらどうするつもりだったのよっ」

自身がハンドルを握るステーションワゴンでは、柊に、娘の面倒を見てくれたことと捜索のお礼を硬い口調で言ったきり、あとはずっと無言を貫き通していた双葉だったが、万福荘に戻るや否《いな》や、感情があふれ出したようだ。

雨に濡れた服を着替えてバスタオルを頭からかぶった一葉は、正座して神妙に俯いている。双葉の言い分は全くその通りで、反論の余地はない。

「ごめん。申し訳ないです」

反省しつつ、真奈が無事だったことと双葉が娘を大事に思っていたことを知れて、一葉は安堵もしていた。

柊も右隣で神妙にしている。乾き切っていない髪が、無造作にあちこち跳ねている。彼は自分の部屋へ戻って着替えてから一〇一号室に来たのである。心配だからと言って。

さらに左隣では一葉のフェイスタオルをかぶった久太郎も神妙にしている。同じように濡れた毛が乾き切らずに、束になって突っ立っている。パイナップルに似ている。

「家事に育児に仕事にって、こっちは大変なの！」

バンッとローテーブルを叩いた。久太郎がビクッとして、わんっと吠える。

双葉の隣にペタンと座っている真奈が身をすくめ、足を抱えた。姪は濡れずにすんだ。

双葉は娘の様子に気づかず、ローテーブルをはさんだ姉を責め立て続ける。

「お姉ちゃんは、子どもがいないから分かんないでしょうけど！」

一葉の太腿で握り合わせていた手がピクリとした。

「一葉さん一生懸命、夜中まで面倒見てましたよ」

柊が口を開いた。

双葉は彼に注目した。妹には、車中で紹介してある。

正座した膝の上に拳を乗せ、上から吊られたように上半身を立てた柊は、侍《さむらい》のように見える。

「あなたの携帯に着信がありましたよね。夜中です。その時間以降も一葉さんは真奈ちゃんに読み聞かせしてたんです」

双葉は床の上の『ぼくにげちゃうよ』を見つめる。顔の赤みが引き、眉間《みけん》のしわも薄くなっていく。

ひー……というか細い笛のような音が聞こえ、おとなと犬は真奈に注目した。抱えた膝に額を押しつけて真奈が泣いている。

「やめてよぉ。一葉ちゃんをおこんないで」

久太郎が一大事とばかりに真奈に寄り添うと、姪は顔を上げた。涙でぐしゃぐしゃだ。

久太郎に取りすがってその陰《かげ》から双葉を睨みつける。

「ママなんかきらい！」

双葉が息を呑んだ。

「一葉ちゃん、あやまったもん。あやまったらゆるしてあげるの！」

一葉は姪っ子を見つめる。

双葉の顔が歪む。

「何言ってるの。元はといえば真奈がいなくなっちゃったりするからでしょ。いつもいつも。いい加減にしてよ。みんながどれだけ心配したと思ってるの」

「双葉、そんなに畳みかけたら真奈ちゃんが縮こまっちゃう」

目を剝いた双葉に久太郎が近づいていって、取りなすようにその顔を覗き込む。

「何よ、犬まで」

双葉は身を引いた。

一葉は真奈に向き直った。

「真奈ちゃん、どうして出ていっちゃったの？」

真奈はしゃくりあげるばかりで答えない。

一葉はローテーブルに身を乗り出し、頭からかぶっていたバスタオルで真奈の顔を拭う。

「おうちに帰ろうと思ったのかな?」

真奈は首を横に振った。

「じゃあ、どうして?」

「と、とっても、とおくにいくの」

予想外の冷え切った考えに、おとなたちは言葉を失う。

愛されようとすることを諦めたのか。見限ったのか。

「ママに会いたかったよね?」

一葉は期待を込めてそっとたずねる。ママに会いたいと泣いたのだから。

真奈は頷きかけたが、急いで首を横に振った。隣の母親を見上げる。

「ママもパパも優奈がいればいいんでしょ。真奈はいらないこなんでしょ。だから、だから……っ」

またこぼれ出した涙。歯を食いしばって目を強くこする。両肘が真横に張り出して、それは彼女が突っ張ってきた意地のようにも見えた。

「そんなことないでしょ」

双葉が否定する。

「ママは真奈も優奈もおんなじに可愛がってきたつもりだよ。文句言われるなんてママ悲しい」

真奈の口がへの字に曲がる。頬が膨れ肩に力が入る。言葉に表せないもどかしさと、持って行き場のない感情で、真奈ははちきれそうだ。

そんな真奈を見た一葉は双葉に告げた。

「双葉、真奈ちゃんは文句を言ってるんじゃないよ。要望だよ。お願いしてるんだよ」

双葉の眉の角度がきつくなる。

一葉は構うことなく双葉の目を見つめて、静かに、穏やかに、しかしはっきりと告げた。

「双葉が懸命に子育てしてること知ってる。忙しいことも分かってる。ただね、こんな小さな子が、親の愛情に不平等を感じてるなら、やっぱりそれが真実なんだよ。それ以外ないんだよ」

双葉は一葉を見つめ返していたが、そのうち眉の角度が緩やかになってきた。目つきから剣呑《けんのん》な雰囲気が抜けていく。

母はおもむろに娘を覗き込んだ。

「真奈、ごめん……」

娘は下唇を突き出して、母親を見上げている。

双葉はそんな真奈を抱きしめた。

「真奈は大事な子だよ。すっごく大事な子。ママは真奈が大好きだよ」

真奈は双葉の首に腕を回してぴったりとくっついた。紙一枚の隙間もない母子《おやこ》を、一葉は見つめた。

「真奈、許してくれる？」

「うん」

双葉は一葉に顔を向けた。

「お姉ちゃんは、真奈の気持ちが分かってたんだね……ごめん、ひどいこと言って」

謝る妹に、一葉は首を横に振った。

「こっちこそ悪かったよ。もう、こういうことにならないよう気をつけるね。だから、双葉、大変になってからじゃなくて大変になる前に頼って」

真奈が久太郎に腕を伸ばすと、久太郎は素直に寄り添った。それを見た双葉が、顔をクシャリとさせる。

「犬、ごめん、さっききつく当たっちゃった」

双葉に謝られた犬は、黒豆のような目で彼女を見つめて小首を傾げた。

ははは、結構めんこいじゃない、と双葉はひと差し指で鼻をぐいぐい押す。親子して久太郎の扱いが雑。しかし、大らかな久太郎は不満を訴えることもなく、やわらかく尾を振った。

妹は一葉に向き直る。

「お姉ちゃん、大変じゃない時でもお願いします」

ちゃっかり頼んで、妹は一葉を笑顔にし、湿っぽい空気を払しょくした。

真奈の頭に顎を乗せる。

「久しぶりに抱っこした。毎日見ときながらこんなこと言うのも変だけど、真奈大きくなったね。ちゃんと見てないと、おっきくなってくとこ見逃しちゃう」

双葉と真奈の間からぐうと聞こえた。

「真奈、お腹空いた？」

双葉がたずねると、

「ママだよ」

と暴かれる。双葉が鼻にしわを寄せて笑う。

「朝、食べてないの。ホッとしたらお腹空いてきちゃった」

優奈は実家に預け、その足で駆けつけたという。

「お母さん、預かってくれたんだ」

「そりゃあ、孫は可愛いもん」

軽い口ぶりも戻ってきた。

「ここ何年も、なんとな～くあたしに遠慮してたっぽかったじゃん」

「お母さんが遠慮してたって？」

お母さんは「遠慮」してたんじゃないと思うけど、双葉がそう受け取ってるなら角が立たないのでよし、ということにしておく。

「だけど、真奈のことでオロオロしてたら久しぶりに『しっかりしなさい！』ってガチで気合い入れられて、背筋が伸びた。あれこれ心配してる暇があったら、探さなきゃって」

妹は行動した。

母にしても、昔のわだかまりを引きずってぎくしゃくしてるどころじゃなかったのだろう。今まさに可愛い孫がいなくなったのだから。

「あたしさ、この子を妊娠した時、お母さんとお父さんをかなり動揺させちゃったでしょ。あの時ちょっと楽になったんだ。ちょっと……どころじゃないか、すっごく、かな」

「楽になった？」

一葉の予想とは真逆だ。

動揺させたことに関してどう向き合っていたのかということは、ひとまず置いておいて、

「妊娠した時は、不安もあったでしょう？」

「全くなかったわけじゃないけど、ワクワクのほうが勝ってた。お母さんはあんまり口利いてくんなかったけど、結局は産前産後を支えてくれたし、余計な不安はなかったな」

一葉は当時を思い返して納得する。

「あたし、『そういう子』でいなきゃっていうのがいつも頭にあったのよね。お母さんの『理想の子』型。その型から外れたら、どうなるんだろうって不安だった。お母さんは一回でもあたしに『あなたはあたしの理想として生きろ』なんてことを言葉にしたことはなかったけど、そういうの発してた。分かるでしょ？　大学時代に妊娠したことで型がぶっ壊れちゃった」

ケラケラ笑う。それからしたり顔になった。

「そしたら不安がってたこと、どうなったと思う？」

「ん？」

「な～んにも起こんなかったんだよ」

一葉は、妹を感慨深く見つめる。自分はこの妹をただただあっけらかんとしているだけの子だと誤解していた。目に見える部分だけ見て、羨《うらや》ましがっていた。でも双葉には双葉の背負っていたものがあったんだ。

「そう考えると、あたしにとってこの子ができたことは幸運でしかなかったわけか。この子が革命を起こしてくれたってことになるのよね」

一葉は静かに首肯する。

「ただ、お姉ちゃんのことは気にしたよ」

「ん？」

「せっかくお姉ちゃんが譲ってくれた大学なのに、学業とは無関係のことで留年したんだから」

「譲った？　私が？」

「うん。あたしが音大付属高校にいたもんだから、お姉ちゃんは教育学部のあった四大やめて、短大に入ったじゃん。実力だって十分だった。余裕で入れる成績叩き出してたんだから」

「特に、何が何でも教員になりたいってわけじゃなかったから。それに短大にいったから歩美と知り合えたんだし、文学部にいったから今の書店と縁ができたわけだし。だから気にしないで。人生どう転がるか分かんなくて面白いね」

「面白い……か」

双葉が一葉の言葉を自身の中に落とし込むようになぞる。

「確かにね。あたしも妊娠しなかったら、こうなってなかったんだから、お姉ちゃんの言う通りだね」

双葉がシャキシャキと言って、

「あ、お母さんに、真奈見つかったこと連絡しなきゃ」

と、スマホを出す。タップしてスピーカーにすると、二回の呼び出し音で、母が出た。

早っと双葉が目を見張る。

『見つかったの⁉』

「うん、見つかったよ。心配かけてごめん」

長い嘆息が返ってくる。

『ああよかった。一葉にお礼言いなさいよ。姪っ子を預かってくれた上に、嵐の中探してくれたんだから』

一葉は自身の温かな鼓動を聞いた。

母は、私を責めなかった。

「うん、分かった」

双葉は通話を切って、一葉に向き直った。

「ありがとう、お姉ちゃん」

「ありがとう、一葉ちゃん」

話をどこまで理解できているのか、真奈が母親を真似た。

一葉は破顔する。

「どういたしまして」

双葉が、さて、と手を打った。

「ってことで、お腹空いたんだよ」

「あ、そうだったね。ロールパンのサンドイッチくらいなら作れるよ。あと何かあったかな……」

「あのさ、もしよかったら、リンゴのコンポート作ってほしいな。昔食べたお姉ちゃんのそれおいしかったもん。リンゴなら買ってくるから」

一葉は思ってもなかったリクエストにまばたきした。

「覚えてたの？　食べてくれたの？」

「食欲なんてなかったけど、あのコンポート、お姉ちゃんも手伝ったってお母さんから聞いたから、あとで食べたんだよ。だってさ、ヒーローが作ったやつだもん」

「ヒーロー？　私はヒーローじゃないよ。双葉を置き去りにしようと」

「あたしだって同じ。お姉ちゃんのあとを追おうと思ったら追えたのに、追わなかったのは、嵐の中、愛娘がなかなか帰ってこなかったら親に心配してもらえるって考えたから。たっぷり時間を稼いで、頃合いを見計らって帰ったら、家族みんなが大袈裟に迎えてくれるって。それでみんなに注目されるはずって。あたしはいつだって家の中心じゃなくっちゃって思ってたから」

どうして子どもの頃って、あんなにも周りの関心が欲しかったんだろうねと双葉は首を傾げた。

「でも、どんどん暗くなってくるし、建物が割れるんじゃないかってほど雷は大きくなるし、いよいよ本気で怖くなってね、ヒロイン願望よりお姉ちゃんに戻ってきてほしいほうが勝ってた。そしたら戻ってきてくれたんだもん、ヒーローだよ」

一葉は眩しいような切ないような気持ちになった。妹の目論見を知ったからといって置き去りにしようとしたことは変わらないが、それでも、後ろ暗さは幾分薄まった。

双葉は軽く肩をすくめる。

「コンポート、手間がかかるならいらないけど」

「タイミングいいよ。リンゴ、あるの」

モサモサしていても、煮ればおいしく食べられる。

「手間はかかんないけど、時間はかかるよ。二、三十分くらい。お腹持つかな」

柊が持ちかける。

「圧力鍋なら十分でできますよ」

「うわ、サイコー」

万歳する双葉。真奈も真似をして両手を上げる。ふたりを見て、久太郎は軽く跳ねて尾を振る。

一葉と柊は調理を始めた。シンクに並んでふたつのリンゴを洗い、皮を剥いていく。

「思いがけず石原さんのリンゴが役に立ちましたね」

柊が感心している。

「ほぼリンゴとたばこで生きてらっしゃいますもんねえ。……大丈夫かな」

一葉は案じて天井を仰ぐ。真上が石原の部屋だ。また電話しているのか、ところどころ言い訳のような謝罪のような駄々を捏ねるような声がくぐもって聞こえてくる。

「手がお留守になってますよ」

柊に指摘され、一葉は手元に注意を戻す。

「……そこまで石原さんの心配することないんじゃないですかね」

「そうですか?」

「そうですよ」

「でもあの石原さんですよ」

「あの石原さんでも、です。ってゆうか、あの石原さんだからこそです。ほうっといたってあのひとはゴキブリ並みに元気でいるはずです」

一葉は柊を見る。俯く横顔の口元が尖っているように見える。当たり前だが、今日は歯磨き粉はついていない。

静かな鼓動が体内に波紋のように響き、ふんわり広がって体がポカポカしてくる。

手元に意識を戻し、慎重に包丁を進めていく。

「一葉さんと妹さん、似てますね」

「あらぁそうですか?　初めて言われました」

「ふたりとも、真奈ちゃんに大好きって言ったり、一葉さんの場合は久ちゃんにもそう言ってますよね。やっぱり姉妹なんだなってちょっと感動しました」

思いがけないことを聞かせてもらい、一葉は和《なご》む。

久ちゃんには言えるんですよー、と一葉は心の中で節をつけて歌う。

「ずいぶん、上手になりましたね」

柊は一葉の手元を見て褒めた。

滑り止めが塗ってあるかのように時折つっかかるものの、十五センチほどは切れずに剥ける。それが今、シンクに溜まっている。すごい、と自画自賛する。

「コツを教わりましたもの」

一方の柊のリンゴは、いっぺんも切れない。どんどん螺旋《らせん》ができていく。表面に刃を当てただけで皮が勝手にリボン状に解《ほぐ》れていくようだ。

「実践してもらえるのは嬉しいです。生徒はなかなか実践してくれないんですよね。まあ、料理を楽しくやってくれれば文句はないんですが」

一葉は、学校での柊の様子を想像して朗らかな気分になる。

一葉のリンゴから、皮がシンクの外に落ちた。久太郎がパクリとやった。久太郎がそこにいるとは思ってもみなかった一葉は二度見する。

恐る恐る柊の様子をうかがうと、調理に集中していて久太郎には気づいていない。

久太郎のほうも、おこぼれのほうが大事なようで、柊にちょっかいを出すことはない。

久太郎は、柊が部屋に入ってくるその時だけ吠えて飛びかかろうとするが、入ってしまえば、気にしてはいるものの、飛びかかるといったことはない——まあ、たまにぬいぐるみで叩いたりはするが。なので、彼さえ平気ならば柵は必要なさそうだ。

一葉は久太郎の気分の安定を図るために、キュウリを与えた。久太郎はあっという間に平らげる。

リンゴの皮を食べ、キュウリを平らげ、次に久太郎がしたのは、調理台の縁に前足をかけ、そこで何がなされているかの確認。

手元に集中していて、久太郎は目に入っていなかっただろう柊だったが、剥き終わって、体の向きを変えるや否や、面白いようにギクリと固まった。

久太郎が見上げる。にやり、と口を横に引く。キュウリをもらったばかりなので機嫌はよさそう。

一拍の間のあとで、柊が一歩近づいた。一葉は、お、と眉を上げる。

柊が調理台にまな板をそうっと乗せると、久太郎はそれを鼻で確かめ、前足を下ろして、後ろに退《しりぞ》いた。

ありがとう久ちゃん、と柊がほとんど息だけで礼を言った。久太郎は床を嗅ぎながら、緩く尾を振り返す。

真奈がキッチンに入ってきた。

「真奈もやりたい」

双葉がやってきて真奈の肩を押さえる。

「邪魔しないの」

「そんなことないない。やってみる？」

「うん！」

「そしたらリンゴを切ってもらおうかな。ちょっと待ってて」

一葉は寝室から椅子を運んできた。調理台の前に据え、その上に真奈に膝立ちになってもらったら、一葉は後ろに立って一緒に包丁を持つ。

「ほんものだ」

真奈が本物の包丁に感激する。

「いつもは、プラスチックのおもちゃだもんね。気をつけてよ」

双葉が見守る。

ゆっくり包丁を入れていく。スコン、と包丁がまな板を打ち、くし形のリンゴが切り出される。

真奈は頰をリンゴのように染めて目をキラキラさせた。リンゴさ～んまっかなまっかっかのリンゴさ～ん、と節をつけて歌い出す。

「いつも、危ないからそばに来させないの」

真奈の歌の合間に双葉が言う。包丁を慎重に動かしながらそうかあ、と一葉は返す。

「お姉ちゃんたちいいな、ふたりで作って。それならどっちかが真奈に注意払えるもんね」

一葉と柊は顔を見合わせる。一葉はどういう顔をしていいのか分からない。まっかっかなリンゴさ～ん、あおいリンゴさんとお友だちーという真奈の舌足らずな歌が、調子よく流れていく。

「うちの旦那《だんな》はこうはいかないわ」

正月などで実家に集まる機会があった時に、数回会ったことがある双葉の旦那さん。双葉よりひとつ年上で口数は少なく、しゃべれば声は高い。ひょろりと背が高く、色白。お正月に実家で会った時、下足箱の上の鏡餅《もち》の蜜柑《みかん》の向きを息を詰めて調節していたのを覚えている。双葉に、もう三十分はああしてるけど旦那さん大丈夫かな、と聞くと、放っておいていいよ、と彼女はあしらっていた。

「旦那さんに提案してみればいいじゃない」

「やるかなあ。ひとりで黙々と作業するのが好きなひとだからなあ」

「真奈ちゃんのためとなったら、きっとやるよ。歯を磨いたあと、チョコレートを食べちゃいけないって教育してる旦那さんなんだもの」

真奈が両手で口を押さえる。

双葉は娘のほっぺたをつついた。

「ひょっとして食べさせちゃった？」

一葉と真奈は目を合わせて、いたずらっぽく笑い合う。

圧力鍋にリンゴと砂糖とレモン汁を入れる。柊が、カップに水を入れてそれを真奈に持たせると真奈を抱き上げた。真奈はキャッキャとはしゃぎながら鍋に注ぎ入れる。

ふたをして火をつける。

煮えるのを待つ間、真奈はリビングへ戻る。絵本を取り出した。一葉を一瞥《いちべつ》する。

一葉は「ママに読んでって頼んでごらん」と促す。真奈は、待っている双葉に「これ、よんで」とゆっくりと差し出した。

「いいよ、じゃあここに座って」

双葉がローテーブルとの間に隙間を作ってあぐらをかくと、真奈は大急ぎで足の間に収まった。

一葉はキッチンからふたりを眺める。

子うさぎを母うさぎが追いかけていくというその話を、確かに一葉も子どもの頃は羨ましがった。子うさぎは、最後には自ら帰ってくるのだが、そうなるまでには思うままに行動する。そんな子うさぎを、母うさぎは決して詰《なじ》らず、見限らないという安心感。今は加えて、母うさぎは子うさぎにしがみつくでも束縛するでもなく、子うさぎの自由な想像を受け入れ、しなやかにつき合う。その度量の広さとユーモアに感心する。

絵本を読み切る前にコンポートはできあがった。

リンゴのフルーティな香りが部屋いっぱいに広がる。

シロップに浸るバター色したコンポートを器に盛りつけて、リビングに運んだ。

くたくたに煮えたリンゴの周囲はつやつやの半透明で、中心にほんのわずかにシャリッとした歯ごたえが残っている。フォークで持ち上げただけでちぎれ落ちてしまうほどやわらかい。内包する果汁が滴《したた》る。

つるっとした口当たりで、さっぱりした甘さが喉をすべり落ちていく。香りはしばらく鼻に残って豊かな気分にさせてくれる。

通常冷やして食べるものも、温かいまま食べるとまた違った風味を味わえる。

コンポートをすくって口に近づけた柊に、熱いです気をつけて、と一葉が助言すると、彼は頷いて、首の血管を浮き上がらせて、ふーふーと吹いて食べる。

それを見て双葉は「可愛い」と笑い転げた。心配ごとがないと、双葉はとことん明るく天真爛漫《らんまん》なのだ。

食べ終わると、柊がみんなの器を集めてキッチンへ下げようとした。

一葉が「私がやるんで」と手を出すと、

「いいですよ、妹さんとゆっくりしてください」

とキッチンへ運んでいった。その背中に感謝を伝える。

久太郎が軽やかな足取りでついていく。おこぼれ狙いのようだ。食が絡むと、久太郎はたとえ敵愾心《てきがいしん》を抱く相手であったとしても見事に割り切る。

ひとりと一匹の後ろを、真奈が「真奈もやる」と半袖をさらに肩までまくり上げながらついていく。

肩越しに振り向いた柊は、真奈ばかりか犬がお座りして待ち構えていたのでギョッとして真奈の後ろに下がった。その様子を見て、双葉は手を叩いて笑い、一葉に顔を向けた。

「柊さんって言ったっけ。あと片づけもやってくれるし、しっかりした職業に就いてるし、料理上手だし、可愛い顔してるし、優しいし、歳《とし》の割に落ち着いてるし、可愛い顔してるし、あこれ二回目か。旦那だったらサイコーだよね」

柊は、リビングから持ってきたクッションに真奈を座らせて、器を拭かせている。誤って落としても、高さがないので壊れることはないし、怪我をすることもない。転がってきたのを久太郎が鼻で真奈のほうへ押しやる。真奈は拾ってまた拭き始めた。

「旦那さんとは上手くやってるんでしょ？」

「まあね。喧嘩《けんか》とか全然ない。普通に働いてくれてるし、家にいる時は娘にも目を配ってくれるし、家事も言えばやってくれる。ただ細かい。まぐろのサクを切ってちょうだいって頼んだら、厚さを均一にしようと神経質になって色が変わるほど時間かかったのよ。厚さより食中毒を気にしてよって説教したわ。娘に着せる洋服をね、七分袖がいいのか半袖がいいのかで三十分は余裕で悩んでる。デート前の女子中学生かよって話よ。幼稚園の連絡帳の家庭からの申し送りだって、企画書か始末書かってくらい考え込んじゃってさ」

要領が悪いのよねえ、と脱力の笑みを浮かべる。文句はあれど幸せそうで何より。


嵐は収まり、雲の間から日差しが幾筋も降り注いでいた。こんなに綺麗な天使のはしごを見られるのなら、嵐も悪くないと考えを改め、一葉は空に向かって伸びをする。

敷地を出ていくステーションワゴンを、ふたりと一匹は玄関前で見送った。

一葉はしゃがんで、キュウリのぬいぐるみをくわえている愛犬の頭に手を置く。パイナップルだった彼は今、すっかり毛が乾いてふわふわのカステラみたいになっている。

「偉かったね久ちゃん。雷が鳴った時にはどうなることかとハラハラしたけど、よく乗り越えたねえ」

「久ちゃんにも苦手なものがあったんですね」

柊は親しみのこもったまなざしを、かなり遠慮がちに送る。

「それでも真奈ちゃんを見つけたんだなぁ」と、彼は感心した。

久太郎がぬいぐるみを柊のそばに置き、座った。

柊が首を傾げる。

「それ久ちゃんのお気に入りなんですよ。きっと、一緒に真奈ちゃんをお世話してくれたり、探すのに力を貸してくれたりしたから仲間意識が芽生えたのかな。または、お礼とか」

もしくは褒美、と思ったが飲み込む。

柊も膝を折り、ぬいぐるみに手を伸ばす。久太郎をうかがいながら恐々《こわごわ》指先で手繰《たぐ》り寄せるのを、久太郎が鼻で追う。長い指がぬいぐるみをつかむ。はいきました、とばかりに久太郎が端っこをくわえて引っ張る。柊は手を放す。久太郎は尾をゆっくり振る。

「お礼かと思ったけど、遊んでほしかったみたいですね」

一葉は久太郎の気持ちを代弁した。柊の顔に光が兆《きざ》す。

「十分、お礼ですよ。き、久ちゃんから遊びに誘われるのは初めてです」

柊は、久太郎に注意を払いながら、ぬいぐるみに手を伸ばす。

久太郎が引っ張り出した。反射だろうか、柊はぐっと握る。

「力、強っ」

柊は、身を揺さぶられるほどぐいぐい引っ張られながらもしっかり握っている。

久太郎は、相手が柊だからか思う存分引っ張っては頭をブンブン振った。柊はパッと手を放す。子どもの頃の事故がよぎったのだろうか、強張る血の気の引いた顔を汗が流れている。

久太郎がひっくり返る。

「ごめん、久ちゃん、ちょっとまだ」

きょとんとした愛犬だったが、冷や汗をかいている柊を一瞥すると、ひとりで遊び始めた。

「そうすぐには慣れませんよ」

一葉はフォローする。「ゆっくりでいいじゃないですか。焦らなければいつの間にか慣れてるもんですよ」

柊は汗を拭って、きまり悪そうに笑った。

「あ、そうだ。雑貨店どうしますか?」

柊は話を変える。

「行きたいのはやまやまなんですが、また今度にしません? 昨日からいろいろありましたし」

眠いし疲れている。自分がこうなのだから、仕事もしていた柊はもっときついだろう。

昨夜のニアミスのようなことを思い出し、顔が火照《ほて》った。

だが、考えてみれば、こっちはぼんやりしてしまっていたし、柊は単に身を起こそうとしたにすぎなかったんじゃないだろうか。そのように見当をつけると、火照りは引き、わちゃわちゃしそうになる感情がすっきりと整理され、一応の安寧を得た。

「そうしますか。あの店広いから体力と十分な時間が必要ですしね」

二階の部屋のドアが開く音がした。久太郎が引っ張るのを中断して顔を上げる。

軽やかな足音が階段を下りてきた。

「こんにちは」

シャキシャキと挨拶するのは佐知。

「さっちゃん、こんにちは。どこか行くの？」

彼女の格好は、目に眩しい白シャツに、藤《ふじ》色の膝までのスカート、編み上げサンダル。

佐知は照れ笑いする。

「ちょっと」

「ちょっと？」

「はい、ちょっと。じゃいってきまーす」

元気よく駆けていった。

「デートだね」

上から降ってきた声。見上げると、外廊下の手すりから、たばこをくわえた石原が見下ろしていた。

柊があくびをする。それが伝染って一葉もあくびをした。

やにわに目を輝かせる石原。たばこをひと差し指と親指でつまみ取る。

「おやおやおや君たちは君たちで、寝不足のようですなあ！」

手すりに身を乗り出してくる。久太郎がぬいぐるみで柊のふくらはぎを連打する。

「久ちゃん、やめなさい。——遅くまで姪につき合ってました。騒音とか、ご迷惑がかかってなければいいんですが」

久太郎をたしなめてから一葉は懸念を示す。

あからさまに興ざめの顔をする自称文豪。

「かかんないよ、爆睡してたから」

「仕事するんじゃなかったんですか」

柊の万年氷のようなツッコミに、石原は空を仰ぎ、たばこを吹かす。

「柊く～ん、お腹空いたなあ」

「爆睡していてお腹が空くんですか」

「空くんだよ、もうお腹が空っぽなんだよ、何か食べさせてよ」

「空っぽなのはお腹だけなんですか」

「柊君のツッコミは斬鉄剣《ざんてつけん》並みに斬れるね」

「リンゴはどうしたんですか」

「昨夜あげたやつで最後」

「そんな大切なリンゴを。すみません」

一葉が眉尻を下げる。

「プチモナンジュは喜んでくれたかね」

「はいっ。コンポートにしておいしくいただきました」

あー、煮リンゴね、と石原がたばこの煙を盛大に吐いた。

「じゃあオレは柊君に何か作ってもらおうかな」

「なんでオレが作んなきゃなんないんすか」

「友だちでしょー」

「初耳です」

一葉が手を上げる。

「ロールパンのサンドイッチならすぐに用意できますよ」

「一葉さん、甘やかしちゃダメですよ」

「リンゴばっかりじゃダメですっ」

柊に忠言された一葉は、厳しく石原に告げる。

「いや食事内容じゃなくて」

「あれ、柊君呼び方変えたんだね。やっぱりゆんべなんかあったんじゃないの」

「ありませ」

ぬいぐるみが回転しながら飛び上がって柊の頭にヒットした。柊がかがんで頭を押さえる。わおっ！　やるね久ちゃん、と石原が称え、一葉は、すみません爽太さん、うっかり口から吹っ飛んだだけだと思います、久ちゃんはわざとやったんじゃないんですと言い訳し、愛犬は〝わざとじゃなく〟柊に後ろ足で盛大に砂をかけた。

桜の木から数羽の鳥が飛び立つ。

底なしの真っ青な空に盛大な拍手のような羽音が響き渡り、やがて吸い込まれていった。

掃き出し窓の薄いカーテンが、光をまとってゆったりとそよいでいる。

真奈がいなくなって、部屋には平穏と静寂が戻ってきた。

久太郎は時々、真奈が座っていたところを嗅いで顔を上げ、あたりを見回したりする。

ちょっと物足りなさそう。

双葉たちは、家族みんなで桃や梨など季節の果物どっさりのコンポートを作ったそうだ。

真奈はそのことを幼稚園のあやめちゃんたちにも自慢しているという。

何回も何回も嬉しそうに話すから、また作ろうねと約束したと電話の向こうで双葉が笑っていた。

あれから、真奈は家出ごっこをしなくなったそうだ。

3章

冬日和のサムゲタン

HIIRAGI-SENSEI's
small kitchen

十一月に入り、霜が降りるようになって紅葉が一気に進む岩手山《いわてさん》。

中津《なかつ》川沿いの大銀杏《おおいちょう》も黄金色に輝いていた。

日曜日。

一葉《かずは》は万福荘《まんぷくそう》で、桜の落ち葉を掃き集めていた。枝には、キュウリのぬいぐるみがぶら下がっている。あまりに汚れているので洗ったのだ。乾くまでは、春に買ったきり放置されていた新しいキュウリのぬいぐるみで「ブン回しの職務」に勤しんでもらう。

久太郎《きゅうたろう》は初め、洗われて枝で揺れる馴染《なじ》みのぬいぐるみをじっと見上げていたが、新しいぬいぐるみを差し出すと、遠慮がちにかじり始めたのだった。

通りから駐車場に佐知《さち》が入ってきた。

一葉は手を止めて迎える。

「おかえりー」

佐知は普段着よりもちょっとだけおとなびたコートを羽織っている。その下から、暖かそうなスカートが見えていた。ふかふかのマフラーがよく似合う。黒くて、マットな質感の地にシルバー色したブランドのロゴが箔《はく》押しされた紙袋を手にしていた。

月初めの休日に、おしゃれをして出ていくと、必ず紙袋を持ち帰ってくる。その習慣に気づいたのはここ半年ほどだが、もっと前からあったのかもしれない。

「掃除してるんですね。あたしも手伝います」

「ありがとう。着替えておいで」

「はーい」

素直な返事をした佐知は、ぬいぐるみをブン回していた久太郎の頭をさっとなでると、軽やかに外階段を駆け上がっていく。

次に赤い乗用車が駐車場に滑り込んできた。

運転席から降りたのは大家。赤と緑の縞々《しましま》のクリスマスカラーのセーターを着て、ハイビスカス柄《がら》のレギンスをはいている。冬と夏、または北半球と南半球を一体で表現しているようで、その体格と相まって壮大さが目を引く。畳まれたビニールを手にしていた。

壮大な彼女はごみ置き場へ足を向け、竹箒《たけぼうき》を手にして一葉のそばにやってきた。箒は一葉がしょっちゅう掃除するため、穂先が痩《や》せている。

「一葉ちゃん、いつもありがとうね。久太郎も……何やってんのかね。獅子舞《ししまい》の真似かい？　まあ何でもいいわ。一生懸命やってくれて、ありがとう」

持っていたビニールを広げる。半透明のごみ袋だ。

がっさがっさと大雑把《おおざつぱ》に落ち葉をかき集めながら、大家は桜を見上げた。

「伸びたね。広がり過ぎてる枝を切ってもらうことにしたよ」

「桜って、切ると枯れるって聞いたことがあるんですが」

「ああ、まあね。切るってことは手術と同じらしいからね。でも庭師に頼んだから大丈夫。

上手《うま》く切れば、逆に長生きするさ」

師走《しわす》下旬に業者が入るという。さっぱりして年を越したほうが桜もいいだろうよ、と大家は言った。


十二月になり、桜は葉をすっかり落としてはだかんぼうになっている。一度、雪が降ったが、それは本気を出す前の肩慣らしのようなもので、すぐに溶け消えた。

レジカウンターでブックカバーを作っていると、やあ、と声をかけられた。

一葉は顔を上げていらっしゃいませ、と言いかけ、レジに手をぶつけて、チーンという音と共に飛び出させたドロワーを腹で受け止めた。

目の前に、シュッとしたベージュのコートに身を包み、左手にビジネスバッグを提《さ》げた浅黒い肌の長身の男が立っている。

男が、もったいぶった仕草で髪をかき上げた。

「元気そうだね。近くまで来たから寄ったんだ。お昼食べた？　まだだったらすぐそこのカフェで一緒に食べない？」

にっと笑う。頑丈そうな八重歯が覗《のぞ》く。目尻にしわが寄る。ひと懐こいというか、あざとい笑みだ。

一葉が返事をする前に、同僚が気を利かせたつもりか、勧めた。

「百瀬《ももせ》さん、そろそろ休憩どうぞ」

書店の並びにあるカフェの窓際の席で、一葉はかつ丼を食べたいと思った。寒いから鍋でもいいと思った。思いながら、おしゃれ極まりないワンプレートランチをつついていた。全部が全部ひと口で終わってしまいそうな量のペペロンチーノやマッシュポテトやピクルスなどが、こまごまと盛りつけられている。この中で一番量が多いのはコンソメスープだ。若い子はこれで間に合うのかしら、と若い子と二股《また》をかけていた目の前の男をちらりと見る。

去年の二月に別れた男、清水《しみず》。自身が頼んだガレットには、まだ手をつけず、ずっとスマホをいじっている。

何やってるんだろう私、と首をひねる。

とっくに吹っ切ったはずなのだ。携帯電話の待ち受けにしていた写真だって消したし、連絡先も消した。

一葉の視線を感じたのか、清水がやっとスマホから顔を上げた。

「電話したんだけど、着拒になってたね」

物悲しそうな顔。一葉の胸がズキリと痛む。

胸の痛みを感じながら、この男のせいで自分は食事がとれなくなったことを思い出した。

歩美《あゆみ》には死ぬんじゃないかとさえ心配された。なのに、この痛みは何なのだ。我がことながら感情と思考の乖離《かいり》っぷりに眩暈《めまい》がする。

「ちゃんと話もせずに君から一方的に解消されて、オレは何が何だか分からなかったよ」

「あなたの言い分はおかしくない？　私との約束をドタキャンして、女の子とふたりでマンションから出てきたんだよね」

「一葉は勘違いしてる。マンションから出てきたくらいでオレと彼女に何かあったって言うの？　後輩だよ。トラブル起こしてその解決法を練ってたんだよ。仕事だったんだ」

ひたすら優しい口ぶりは変わっていない。温かみのある低い声も好きだった。時々会話にならないことがあったが、それさえもつき合っている時は楽しんでいた。

それらが、今は薄っぺらくて安っぽく感じられる。

一葉はペペロンチーノをひと口で平らげ、ひと匙《さじ》分の雪のように白いマッシュポテトを口に運ぶ。

「自分のマンションで？」

「こういうカフェで打ち合わせしていいなら、マンションで打ち合わせしたって別によくない？」

そういう理屈が通ると思っているのか。ウィンナーとピクルスをザクザクと重ねて刺してかみつく。

「一葉には今、誰かいるの？」

一葉は頬張《ほおば》ったまま顔を上げた。

清水の手が伸び、テーブルの上の一葉の手に指を絡めてきた。一葉はケホッとむせる。

自分の指を押し広げる男の浅黒く逞《たくま》しい指を見下ろす。指の間がきつい。

清水のスマホが鳴った。清水はあっさりと手を放し、すぐに出た。話している間に一葉は急いでコンソメスープを流し込む。一回むせた。席を立ちながら、財布から千円札と百円玉一枚を伝票の上に置く。通路に出る時にテーブルに太腿《ふともも》をぶつけた。大きな音が立ち、清水が声を上げたが振り返らず店を出た。

風は凍てついていて、肌を刺し目に染みた。

手を見る。

自分の指は決して細くない。重ねた本を運んだり固く縛られた紐《ひも》を解いたりするからなのか、平たくて関節がしっかりしている。なのに、つき合っていた頃、清水の手に絡まれると、いつも自分の手が華奢《きゃしゃ》で頼りないように見えたのだ。

ガラス窓越しにまだ電話をしている清水が見えた。

ざわざわしていた。

胸のざわめきを鎮めようと『南部《なんぶ》』に寄る。

煙や湯気で店内が霞《かす》んでいる。客の声も霞《かすみ》に溶け込んで、靄《もや》をさらに大きくふっくらとさせているように感じる。

カウンター席にかけた一葉は、ノンアルコールビールを一気に飲み干した。

「まさかまた『叱《しか》られた犬』化してないでしょうね」

泡が落ちていくグラスに、歩美が新たに注ぐ。泡の割合が絶妙。

「めんどくさいから勘弁してよ」

「清水さんがね、来たんだよ」

「……元カレ？」

親友の顔が険しくなる。

「ここに来た時に、あんたに払わせて、スマホばっかり見て、挙句二股かけてたクソみてえな男」

「歩美」

「歩美お口」

勇《いさむ》と一葉は口の悪さをたしなめる。

「どこに来たの」

「うちの書店」

「よりを戻そうとしてきたんでしょ」

一葉は顔を上げる。

「察しがいい」

「いや、その名前を出されて察せないほうがどうかしてる、あんたじゃあるまいし」

歩美がシュッと目を細めた。

「あんたまさか、ぐらついたりしてないでしょうね」

ぐらついてる……？

「そんなことはないと思うけど」

「何そのはっきりしない感じ。面白くないわぁ。柊《ひいらぎ》センセーはどうするのよ」

一葉は満たされたグラスを眺める。彼のことは好きだが「それとこれとは別」。

「別？　あんた清水みたいなことしないでよ」

「できないよ」

「そう、よかった。あんた不器用だもんね」

「清水さんのことはまだ好きとかじゃあなくって、何て言うかなあ……」

歩美は顎《あご》をかきながらしみじみと一葉を眺める。

「お待たせ、出世魚の照り焼き」

勇が歩美の横から腕を伸ばして、一葉の前にぶりの照り焼きを置いた。

ジュージューと浸み出した脂《あぶら》が、つややかな飴《あめ》色のタレに絡まって流れ落ちていく。

「ほら、魚でさえもステージアップしてくんだからさ、あんた哺乳類《ほにゅうるい》でしょ、端くれでも」

「端くれ」

「さっきあんた自身も言ったけど、せっかく辛酸を舐《な》めたんだからさ、同じこと繰り返さないようにしなよ。じゃなきゃ魚類より足りないってことになるんだからね」

歩美が割り箸《ばし》を手渡してくれる。


中央通りは明るいが、建物が寄り集まった路地に入ると、穴に落ちたみたいに闇《やみ》が深まる。

心もとない街灯がぼんやり照らす道を奥へ進み、万福荘の駐車場に足を踏み入れる。柊のコンパクトカーも佐知母のクルマもなく、ガランとしている。

部屋のドアを開けると、久太郎が飛びついてきた。

化粧をものともせず、一葉の顔を舐め、キッチンからリビングに突入して寝室を駆け抜けまた戻ってきて一葉に飛びつくという大騒ぎを三回は繰り返す。

帰ってくるたび毎回である。

たとえ十分でも、一葉がひとたび外に出るとこれである。犬によってはうれションするのもいるというから、この毛玉のテンションの上がりっぷりはあなどれない。

こちらの気分が落ちている時にこのテンションは負荷がかかるが、嬉《うれ》しくないわけじゃない。はいはいといなしているうちに、いつの間にか気分が持ち直してくる。

犬の体当たりを食らいながら、こたつからフェルトの袋に入った湯たんぽを取り出す。久太郎が抱いていたらしく半日たっていてもまだほのかに温《ぬく》い。

シンク縁に立てかけていた洗い桶に湯たんぽの湯を注いで、弁当箱を浸ける。フェルトの袋にみっしりくっついている久太郎の毛をコロコロで取るのはあと回しにして、久太郎の散歩に出る。

三十分ほどで万福荘に戻ってくると、路地と敷地の境目に立つ街灯の陰《かげ》に、ひと影を見た。小柄で猫背。電柱からガニ股の足がはみ出ている。

一葉は足を止めた。

久太郎がひと声吠《ほ》えると、ひと影はさっといなくなった。

怪訝《けげん》に思いながら駐車場に踏み込むと、柊の部屋の前で石原《いしはら》と彼が向かい合って立っているのが目に入ってきた。

石原は腰に手を当ててそっくり返っているし、柊は腕組みをしている。何か話している。

近づくにつれ、話の内容が聞こえてきた。

どうやら、万年ネタ詰まりの大作家先生が料理のエッセイを書くことになったため、柊にすがっているようなのだ。

「自分で作ったらいいじゃないですか」

「作れないから頼んでるんでしょぉ」

「それがひとにものを頼む態度ですか、ふんぞり返ってるじゃないですか」

久太郎が吠えて尾を振った。振り向いた男ふたりの内、「威張りながら頼み事」をしているほうがにかっと笑う。不穏しかない笑みである。

「一葉ちゃんいいところに！　この分からず屋さんを説得してよ」

「何作るんですか？」

「それはこれから柊君に考えてもらう。オレ料理しないタイプだもん」

「なのにご自分が作ったってことにしたいんでしょう」

柊が夜空にため息をつく。

「いいじゃないの、バレやしないんだから。料理はさ、どーんとしたものがいいわけよ、豪快な感じの」

「カレーはどうでしょうか。慣れてなくてもある程度は上手に作れますよ。大きな鍋で作れば豪快ですし」

一葉が案を出す。

「ダメダメ。みんな書いてる。スパイスがどうの飴色玉ねぎがどうの。半日煮込みましただの、やかましーっつんだ」

即座に否定された。

「頼むよーセンセー、オレが長谷川《はせがわ》にしばかれてもいいのー？」

子どものようにぐずりだした大作家を前に、柊は頭を垂れて首の後ろをもみながら「しばかれたほうがいいですよ」と呆《あき》れる。

一葉は外灯に照らされた柊の横顔を見つめる。学生と間違えられるほど若く見られるひとだが、こうして改めて見ても若い。そういえば、清水の二股相手も二十歳《はたち》そこそこに見えたっけ。あっちは真冬の二月に膝《ひざ》上のスカートをはいていたから、「若く見える」のではなく本当に若かったんだろう。

そう考えて、柊を清水とその彼女に結びつけた自分に嫌気がさした。

柊が一葉に視線を移して首を傾《かし》げる。

「一葉さん？」

「あ、はい」

「どうしたんですか？　いつもなら『やりましょう！』って乗り出すところですけど」

「あ、やりましょう……！」

柊が怪訝な顔をする。

二階から静かな足音が下りてきた。佐知だ。こっちにやって来ると、おかえりなさい、と一葉に言って久太郎をそっとなでる。

「ただいま。さっちゃん、どっか行くの？」

「コンビニまで。明日の朝食用の牛乳と卵を買ってきます」

声に張りがないような気がする。

「もうちょっとしてから行ったほうがいいよ」

一葉は引き止めた。

「どうしてですか」

「怪しいひと影がいたの」

「え」

色めき立つ男性陣。

「何何、どんなやつ？　詳しく教えて」

柊を押しのけ、石原がスマホを構えて食いついてくる。一葉の肩をつかんだ石原の手を柊は無言で払う。

「背は低めで、痩せてた風に見えました。でも暗かったし、すぐにいなくなったからほとんど何も分からないんです、ごめんなさい」

「警察に連絡してこのあたりの巡回を強化してもらいましょう」

柊がスマホを取り出し、電話した。事情を説明して切ると、見回ってくれるそうです、と三人に伝える。

「夜の久ちゃんのお散歩、危ないですね」

佐知がしゃがんで久太郎をなでる。

「オレがつき添えればいいんですが。帰り、遅いんですよね……」

柊が腕組みをする。石原がパーカーのポケットからたばこを出す。が、高校生と犬がいることを思い出したらしく、しまった。

「オレがつき添ってもいいんだけど、そうすると、変なやつが出なくなっちゃうしなあ」

「は？」

「ネタになんねーべ」

「ひとでなしですかあんた」

「いえ大作家です」

「おふたりともありがとうございます。つき添っていただかなくて大丈夫ですよ。おまわりさんが出張ってくださることですし」

何気なく佐知を見下ろして、一葉は首を傾げる。

「さっちゃん、どうした？　大丈夫？」

一葉は隣にしゃがんで顔を覗き込んだ。

ぼんやりしていた佐知は我に返ったように一葉を見る。

「大丈夫です」

ほほ笑むと、膝に手をついてよいしょと立ち上がった。ずいぶん、くたびれた仕草に見える。

「一旦部屋に戻ります」

彼女は一葉の助言を素直に受け入れて、外階段を小さな足音と共に上っていった。

「なんかあったな」

石原の言に、柊が首肯する。

一葉も佐知の雰囲気でそれは察したが、失礼ながらこの作家が雰囲気を汲《く》み取れるとは思えない。そんな一葉の釈然としない沈黙を読んだのは柊。

「どうしたって聞いた時、何もなければ『何が？』みたいなぽかんとした反応が普通なわけです。ところが、何かがあると返答は『大丈夫』になります」

「これ鉄則」

一葉は柊にたずねた。

「学校ではいかがです？」

「いつも通りに見えました。親しい女子と話したり、家庭科でも周りと協力して作ってました」

「はあん、なら学校生活は関係ないってことか」

にんまりする石原。くるりと踵《きびす》を返す。

「なーんだろなあ！　おっしえて、さっちゃーん」

階段に向かって、サンダル履《ば》きでリズムの崩れたスキップをしていく石原の肩を柊はつかむ。――石原に引きずられる。

「石原さん、やめてくださいよ。あんたはなんでそう無神経なんですか。ほら、そんなことより料理エッセイ書かなきゃなんないんでしょ。オレ手伝いますから」

生徒を守るためなら自ら犠牲となる覚悟らしい。

柊を引きずってスキップをしていた石原はぴたりと足を止めて、肩越しに振り向いた。してやったりの笑みを見せる。

一葉は食えないひとだなあと半分呆れ、半分感心した。

二階の手すりの向こうに光る玄関の明かりを見つめ、毎月お出かけしていく時の溌剌《はつらつ》とした笑顔が早く戻ってくるように、私にできることは何かないかなと考えた。

部屋に入ってすぐ、リビングに走って水を飲んでひと息ついた久太郎は、ぬいぐるみをくわえて、弁当箱を洗う一葉のそばへやってきた。

例の如《ごと》くぬいぐるみを振り回す。こうやってブンブンするときぶんがさっぱりしますよ、と実演してくれているみたいだ。すねにバシバシ当たる。一葉は笑みをこぼす。

久太郎は一葉のそばにぬいぐるみを落とし、キラキラした目で見上げてきた。さあたからものをかしてあげますやってごらんなさい、と示しているのか。

鼻で押して一葉の足の甲に乗せる。また見上げて、舌を出して笑う。

「ありがとう、久ちゃん」

ぬいぐるみは糸がほつれて生地が薄くなり、中身が出ている。

久太郎は、ボロボロになっても気に入ったものは気に入ったままそばに置いて遊んでいる。大事なものが何か分かっているように見える。

一葉は手の水気を布巾で拭《ぬぐ》うと、それを拾ってリビングへ入り、裁縫道具を出す。久太郎がそばに座る。綿を詰め戻しながらチクチクと運針《うんしん》する。

熱い息を吐きながら手元に鼻を寄せてくるので、やんわりと肘《ひじ》で押す。それでも少しするとまた鼻を近づけてくるからどうしても笑ってしまう。

「ほうら、危ないから顔を近づけない。久ちゃんのお鼻まで縫いつけちゃうよ。これ見て、久ちゃんのおかげで、お裁縫も得意になってきたみたい」

感謝すると、久太郎は鼻をつんと上げて胸を張った。

新しいぬいぐるみは予備として洗って取っておいてある。こっちの古いのがもう修繕不可能になったら交換しよう。それまではこの、満身創痍《そうい》のお気に入りに頑張ってもらいたい。

修繕を終えたぬいぐるみを愛犬に渡して、湯たんぽの袋に無心にコロコロをかけていると、電話が鳴った。

出れば、妹からだ。すぐに姪《めい》と代わる。あのね、おじいちゃんのおたんじょうびかいなの、と張り切っている。真奈《まな》はケーキにクリームをぬったんだよ！

五十九歳でおじいちゃんなのだ。父が出たので、おめでとう、と伝えた。父は照れ臭そうにありがとうとおっとり言う。

姪っ子や妹とはたまに電話で話すが、両親とはお盆に会って以来なので、四か月ぶりだ。母に代わる。

「元気そうだね」

と一葉は電話を肩と耳ではさんで、コロコロのシートを破る。

『元気よ。でもシミとかしわが増えちゃった』

「健康ならそれが一番だよ」

背後で、きゃー！　と真奈と優奈《ゆな》がはしゃぎ、父が大らかに笑い、双葉《ふたば》の旦那《だんな》さんの、あ倒した布巾布巾、と慌《あわ》てる独特の高い声が聞こえ、コラ電話してるんだから静かにして、と双葉の注意が響いてくる。

「賑やかだなあ」

『そうよぉ。たまにこういうのがあってもいいわよ』

一葉は、双葉夫婦と両親が徐々に歩み寄っているのを垣間見た気がして安堵《あんど》する。

『あなたもね誰かいないの？』

次女の結婚出産の際に揉《も》めたからといって、長女がまだ独身でもいいということにはならない母心の不思議。

コロコロを転がす。

『双葉から聞いたわよ、お隣の方と仲がいいそうじゃないの』

コロコロが湯たんぽの袋を勢いよく転がり、床にべ――――ッと張りついた。

「わわわ」

『え？　何？』

「なんでもない」

爪で剝《は》がしていく。

久太郎が鼻を寄せてきたため、めくれたシートが口吻《こうふん》にくっついてしまう。不器用に前足で剝がそうとしているので、思い切って一気に剝がしてあげたらキャンッと鳴いた。

『ちょっと今の何の音？』

「犬が、シートを貼りつけて、剝がせなくて、剝がしたら鳴いたの……うわぁ毛……」

『は？　何言ってるのか分からないわ。犬よりほら、お相手のことよ。聞けば、ちゃんとしたご職業だし、子どもの相手も上手なんでしょう？』

シートをごみ箱に捨て、袋をひっくり返してコロコロする。

「うんそれはそうなんだけど、でも爽《そう》……柊さんはそういうアレじゃないから」

『え？　そうなの？　ちょっと双葉、あなた言ってることが違うじゃないの』

母の声が遠ざかり、妹を詰《なじ》る。まずい。せっかく関係を改善しようとしているのにぶち壊してしまう。

「あ、お母さん、あのいや、そうなの。ええと」

『何？　そうなの？　どっち？　あなたは昔っからはっきりしないんだから。双葉はね、何でもすぐにトントントーンと決めちゃってね』

母が双葉を持ち上げ始めたのでホッとする。

『とにかくね、選《よ》り好みもたいがいになさいよ。あなただってそれほど勧められたものじゃないんだから。ね？　理想通りのひとなんてどこ探したっていやしないんだから、そこそこのひとだったら決めなさい』

「あー、うん、はい」

『その前に連れてくるのよ。双葉は突然だったから……』

母の愚痴《ぐち》交じりの回顧を聞きながら、一葉は、まあ、そちらが元気で仲良くやっていただいてるのが何よりですよ、と伝えて切った。

生地が擦《す》り切れるほどコロコロをかけたおかげで、湯たんぽの袋はすっかり綺麗《きれい》になった。

ラグの上に横向きに寝転がって深呼吸する。

顔を覗き込んできた久太郎が、眉のあたりをハの字にして小首を傾げる。

大丈夫だよ、と一葉は答えた。久太郎が視界から外れる。

目を閉じる。

何が大丈夫なんだろう……。

太腿に鈍い痛みを感じる。カフェのテーブルにぶつけたことを思い出す。

脳裏に浮かんできたのは、店の本棚を背にした清水。絡まる浅黒くて逞しい指。俗に、恋人つなぎと呼ばれる手をがっちり組み合わせるつなぎ方が、一葉はいつになっても慣れなかった。

しっくりこなくて、痛かった。

手をつなぐなら普通につなぎたかった、言えなかったけど。

痛いのは太腿だの手だのだけじゃない。

清水は、初めての彼氏だった。明るくて、おしゃれで、おしゃべりが上手い。空気を読むのに長《た》け、一葉が苦手な計算も苦もなくやってのける。営業の仕事が天職のような男だ。

一葉が飲食代を払っていたのは、彼が接待で身銭《みぜに》を切っていた――と聞いていた――から。スマホを常時チェックしているのは、顧客や自社とのやり取りがある――と聞いていた――から。一葉はそれが清水の仕事のやり方で、仕事に邁進《まいしん》している証《あかし》だと信じていた。

後ろから抱きしめられると温かさにホッとした。その温《ぬく》もりを一葉は信じた。今となっては全くの嘘《うそ》っぱちだったが。

こんなことを思い出すなんて、彼のペースに引っ張られているんだろうか。

また、惹《ひ》かれ始めたなんてことはないよね？

考えれば考えるほど痛みが肥《こ》えていく。

ふと、背中が温かいことに気づいた。

目を開ける。

背中にぴったりくっついて、温めてくれているのは久太郎だった。丸くなって寝ている。

一葉はちょっと笑った。

こっちの温もりは真実だ。

「はあっ。考えるのやめ！」

深呼吸して起き上がった。

「ごはん食べよ」

南部でつまんできたが、何か食べたいような気がした。

久太郎が、ごはんといえば、ぼくのでばんじゃないですかっ、とばかりに飛び起きる。

その張り切りっぷりに、一葉の気持ちはかなり軽くなる。

冷凍庫をごそごそ漁《あさ》り、ラップに包んだ冷凍ごはんを見つけてレンチンする。久太郎がレンジの前でごはんができるのを待つ。この光る箱と、白い大きな箱からはおいしいものが出てくると知っている。

あったためている間にバターを分厚く切る。

レンジが鳴る。久太郎の興奮は最高潮。

あつあつのそれからラップを剥《は》いで器《うつわ》に移し、箸で中央を掘る。もうもうと上がる湯気。

ごはんの窪《くぼ》みに卵を割り落とし、バターの塊《かたまり》を乗せる。みるみる溶けていくバターに醤《しょう》油《ゆ》を垂らす。

久太郎がそわそわしているので、「人間の食べ物はちょっとだけだからね」と念押ししてドライフードが残っている久太郎のエサ皿に、醤油のかかっていない部分の卵かけバターご飯を落とした。久太郎がはぐはぐと音を立ててガッツいていく。

一葉は器の中身をぐるぐるとよくかき混ぜ、パクリと食べた。

バターと卵と醤油だけで完璧だ。

「おいしー。優勝ぉ！」

五臓六腑《ごぞうろっぷ》に染み渡る。

しっかり食べてしっかり寝よう。そうすれば、ブレたりしない。


街路樹が凍《こご》えていた。

冬の夜の路地は、靴の音がよく響く。

清水と会った翌週の日曜日。

久太郎と共に万福荘の近くまで戻ってきた一葉は、背後の足音に気づいた。

耳を澄ます。

距離を保ってついてきている――。

いつからついてきてる……？

この一週間、警察の巡回のおかげか怪しいひと影はいなかったので、油断していた。

一葉の歩みが慎重になると、久太郎は足を止めて振り向いた。じっと後ろに広がる暗闇をうかがう。

久ちゃん、と小声で急《せ》かして足を速める。

引きずるような足音はついてくる。

一葉は携帯電話を取り出す。

待ち受けは去年撮った柊とのツーショット。離れ過ぎでも近過ぎでもない、微妙な距離がある。

登録してある番号を押す指が迷ったのは一瞬。男の足音が迫ってくると、一葉は番号を押して、駆け出した。

久太郎も地を蹴《け》る。

背後の足音も迫ってくる。

耳に当てた小さな機械の向こうから柊の声がした。一葉は息を切らしながら、

「つ、つけられて、万福荘の、み、南側」

カタコトになる。電話をお守りのように握り締めて走り、肩越しに振り向く。ひと影が等間隔に並ぶ街灯の光の中に入るたびに、一足飛びにぐんぐん迫ってきているような気がして縮み上がった。

一葉は前を向き、足をもつれさせながら走る。久太郎がぐいぐい引っ張る。

正面に、駆けてくる柊の姿を見た。この時ほどホッとしたことはない。

気が緩んだからなのか、脳裏に清水の姿が浮かんで、心臓がドクンと打つ。ひょっとしたら後ろの人間は……。

一葉は足を止めて振り向く。迫ってくる影に目を凝《こ》らす。

「一葉さん！」

駆けつけてきた柊が一葉の手をつかんで引き寄せ、自身の背後に回す。

追ってきた男が靴底をすべらせて止まった。かぶっていたぺらぺらの帽子が目元までずり下がる。清水とは背格好からして別人だ。

男は身をひるがえして逃げ出した。

逃げれば追いたくなるのが犬だ。久太郎が飛び出す。柊も追った。一葉も続く。

久太郎が男のチノパンの裾《すそ》にかみつく。男は悲鳴を上げて足を振り、久太郎は振り払われる。

柊が地面に押し倒し、男の腕を背中にねじり上げた。男が声を上げ、地面を叩く。

柊が男の帽子をはぎ取る。アルコール臭が鼻をつく。

無精ひげの生えたその男の顔には、深いしわがいくつも刻まれて、その一本一本にくっきりとした影ができていた。一見すると老人に見えなくもないが、街灯の明かりを反射する肌から推測するに、もっと若く、四十代前半にも見える。

「警察に」

と、息ひとつ切らさずに柊が一葉に告げると、男が待ってくれ、と懇願《こんがん》した。

「オレは佐知の父親だ」


いつもはカウンター席だが、向かい合って話せる一番奥のテーブル席に着いた。久太郎は一葉の足元で伏せている。

『南部』である。

注文を取りに来た歩美が男を見て、「あら、田中《たなか》さんいらっしゃい」と軽やかな口ぶりで営業スマイルを振りまいた。

そこそこの常連だったのかな、と一葉が歩美に視線を向けると、彼女が耳打ちする。

「ほら、春にあんたと大叔母さんたちが来た時、横断歩道で尻もちついたひとよ」

そういえば、ぶつかりそうになって転んだ男がいたことを思い出した。

あれからひと月に一回くらいのペースで来店しているらしい。

一葉と柊はウーロン茶。食べたいというよりは席代として、今が旬の冬どりホワイトアスパラガスの肉巻きと、寒じめほうれんそうとベーコン炒《いた》めを頼む。久太郎にキュウリを一本くれた。勇からだという。久太郎はまたたく間に食べた。

田中は何も頼まず、ジャケットの内ポケットから銀色の小さなボトルを出して、テーブルの上に置いた。

一葉は、田中の硬そうな無精ひげが生えた顎をぼんやり眺める。

逃げている最中、追ってくるこのひとを清水かもしれないと思ってしまった。

その時抱いた感情は、嫌悪だったのか、それとも——。

別れて以降、たった一回会っただけなのに影響されている自分がみっともない。

顔を背ける。「ワンちゃん同伴可」という文句が、でかでかと書かれたメニュー表が目に入ってきた。端から読んで気を紛らわせる。

トロしまホッケ

サクラマスのバター焼き

ふっくらジューシー牡蠣《かき》フライ

タラ鍋

アンコウ鍋

柊は男の免許証を見ながら、身元を確認していたが、話を聞いて、佐知の事情と齟齬《そご》がないので、こりゃ本当に佐知の父親の田中だと確証を得たようだ。

三者面談などには母親が来ていたので、お互い会うのは初めてだそう。

「彼女に娘の様子を聞きたかったんだ。それで、佐知にこれを渡してほしくてタイミングを見計らってた」

白い封筒だ。あちこちにシミが浮いていてしわが寄っている。

真ん中に『違書』とヘナヘナした文字で書かれてある。

一葉と柊は、封書から視線を上げて田中を見た。

田中が言うには、遺書とのこと。真面目な顔をしている。

死ぬつもりだったと吐露した。そう言いながら、テーブルの上に手を伸ばす。神経に触るような金属音を立ててふたを回し、直接口をつけて、くっと天井を仰いだ。流れるような動きだ。

色づいた液体が口の端からこぼれた。白黒の無精ひげに阻まれながら伝い、四角い顎の先に溜まる。

一葉はテーブルの上のペーパーナプキンを一枚取って差し出した。田中は、すんませんね、と下卑《げび》た笑みを浮かべて口元を雑に拭う。

「やれやれ。あんたがいきなり走り出すから焦ったよ。もし不審者と誤解されたんなら厄《やっ》介《かい》だと思って追っかけたんだ」

拭ったナプキンを握り潰す。

柊はテーブルの上で手を組んだ。

「一葉さんのこと、普段からつけてたんですか」

柊の表情は変わらない。口調も冷静沈着。三者面談か取り調べのようだが、組み合わせた手に力が入っていることに一葉は気づく。

「そんなことはない。ただ、犬を散歩させてるのを見かけた。佐知たちが住んでるのと同じアパートにいるひとだだと気づいた」

「なぜ、今日はあんなところからつけてきたんですか」

「万福荘の近くは警察がうろちょろしてるだろ。あいつらすぐに職質してくるだろ。いちいち面倒だからな。しかしなんだって急に警察が。誰かが通報したのか？　大袈裟《おおげさ》な。オレがおかしなやつに見えるって？　仕事してないやつはおかしいってのか？　酒飲みは頭いかれてるって？」

自嘲《じちょう》の笑みを浮かべる。

目の下の涙袋が二重になって垂れている。あれはどうして涙袋というのだろう。あそこに涙が溜まっているのだろうか、と一葉は頭の片隅《かたすみ》でそんなことを考える。

「オレはさ、まだ独身だった二十年以上前、あのアパートができてすぐに入居したんだ。

そこに、今は娘たちが入ってる。あそこを選んだのは女房だろう」

田中は苦笑いし、元女房、と言い直した。

「あのアパートは変わってなかった。桜、大きくなってて驚いた。オレが暮らしてた頃はもっとひょろっ細くて頼りなかった。瑞々《みずみず》しくて――。あの木も若かった」

「お待たせしました」

ホワイトアスパラガスの肉巻きと、寒じめほうれんそうとベーコン炒めが届く。

田中は早速箸をつけた。

一葉はおや、と思った。箸の使い方に始まり、意外と言ったら失礼だが、食べ方が整っている。どんなに今がすさんだ暮らしでも、過去にまともな生活をしていたひとは食べ方に出るものだ、と感じ入った。

その生活を支えてきたのは奥さんと佐知の存在だ。

離婚が悪いとは思わない。積み上げてきた三人の時間がリセットになったとしても、そうせざるを得ない事情があったのだろうから。

なぜか、別れた清水が思い浮かんで、一葉は頭を振る。

一葉と柊は田中を見守りながら、話し出すのを待つ。久太郎は足元で寝ている。

田中はそれぞれの皿の半分程を腹に収めると、また銀色のボトルに口をつけ、それからやっと話し出した。

「オレはSEだった」

今年の春先に失職したと言う。

家族三人で住んでいたマンションの最上階の部屋を引き払って、ビルとビルの隙間《すきま》に取り残されたように建つ古いアパートの一階、六畳一間に移った。畳は常にじめじめし、たわんでかびている。排水溝から下水の臭いが上がってくる。窓を開けると排気ガスが粉塵《ふんじん》と共に入ってくる。

元妻と娘には引っ越したことを黙っていた。特に佐知には知られたくなかった。しなびたつまらない毎日の中。

「月に一度、佐知に会うのが唯一の楽しみだった」

佐知のお出かけは、田中との面会だったようだ。

夫婦は忙しく、喧嘩《けんか》が絶えなかったと聞いているが、それと娘に対する気持ちは連動していないようで一葉は胸をなでおろす。

「さっちゃん、普段よりもおしゃれしてうきうきして出かけていってましたよ」

田中は薄い笑みを浮かべた。少し得意げだが、そればかりじゃない感情が混じっているように見えた。

「面会の場は小料理屋やイタリアンレストランを使ってたからな。飯を食わせて土産《みやげ》を持たせてやってた」

「あの、不躾《ぶしつけ》で申し訳ないのですが、おうかがいしてよろしいでしょうか」

田中が目で促《うなが》す。

「面会は離婚直後から続けてこられてたんでしょうか」

「いや、直後はオレにも仕事があって、出張だ日曜出勤だと忙しくて時間を作れなかった。けれど、去年の暮れ頃からぽつりぽつりと時間が空くようになって、面会できるようになった」

一葉は頷《うなず》く。

「喜んでたら、春先に会社が潰れた」

仕事を失くしたからって、いきなり店のランクを下げたりプレゼントを無しにはできないだろ、みっともない、と言う。

だが働いていないのだから、金は減る一方。皮肉なことに金は減っても、見栄は減らなかった。

田中は顔をしかめた。

「もちろん、仕事は探していた。ただし、給料も待遇も企業レベルも以前と同等かそれ以上じゃなけりゃ話にならん。その潰れた会社には五年しかいなかったが、ＳＥの仕事は二十年やってきたんだ。つまりはキャリアがある。そう安く買い叩かれていいはずがない」

しかし、前と同じ条件のＳＥの仕事はなかなか見つからないし、ようやく見つけても年齢が引っかかる。残飯を探す野良犬のように、血眼《ちまなこ》になって仕事を探している自分もみじめったらしくて、だんだん気持ちが萎《な》えてきた。

足元の久太郎がのんびりとあくびをする。

「生活はどうされてるんですか?」

柊が問う。

「失業保険が八月頃に切れて、そこからは貯金の取り崩し」

じわじわと減っていく通帳の数字は、自分の心身のエネルギーだったという。

「もともと貯金するたちじゃなかったから、足りなくなってきて、いろいろ滞納し始めて、先月ついにガスを止められたよ。スマホはフリーWi《ワイ》-Fi《ファイ》頼み。このままじゃボロアパートさえも追い出されようとしてるってわけだ」

口の端にやさぐれた笑みを浮かべる。

こんな親は、娘に会う価値がない、と田中は吐き捨てた。

「それで、先月末に、電話で面会のキャンセルをしたんだ。娘にとってもそのほうがよかったはずだ。こんな落ちぶれた親父と会うなんて、気の毒ってもんだ」

面会はできなくても、佐知の姿くらいは見たくて、あのへんをうろついていたんだ、と言って半分残っていた料理に再び箸をつける。

自身の見栄のせいで愛娘と会えなくなるなんておかしな話だ、と一葉は思った。脳裏には、よそゆきの服に身を包んでキラキラした顔で駆けていった彼女と、うずくまって暗い顔で久太郎をなでている彼女が交互に浮かんでいた。

田中の、世間や国に対する愚痴を聞きながら、ダウンを見る。ブランドについては疎いが、物はよさそうだ。ただ、くたびれて薄汚れている。見てはいけないような気がして視線を落とす。

周囲のテーブルでどっと笑い声が上がる。後ろのテーブルに歩美がピッチャーを運ぶ。威勢よく注文された料理を、歩美が明るい声で復唱している。

一葉たちのテーブルだけ、しめやかとも言えるほど静まり返っている。

田中が周囲に聞こえよとばかりに大きなため息をついた。

「今は何もする気が起こらないんだ。真面目に勤めてたって仕事を奪われる時は奪われちまうんだ。仕事も金も家族もない、娘にも会えない。オレには何もない。虚《むな》しいよな。自分でプログラミングしてないことが起こるんなら、一生懸命するなんて無駄じゃないか」

「だから死のうとしてたんですか」

柊が目元をきつくする。

田中はうんざりしたように顔を手のひらでこする。

「あんたでもいいや。渡してくれ」

テーブルの上の遺書を柊へ押しやった。

すぐそばで、ははは、と明るい笑い声が弾けた。

一葉が振り返り、田中も目を向ける。

歩美だった。空のジョッキを両手に四つ持ってこっちに顔を向けていた。

「悪いわね、聞こえちゃった。あのさ、娘さん、お母さんや一葉たちに連れられて時々来てくれるけど、田中さんみたいなのが親父のおかげで、しっかりしてるよ。しっかりしなきゃなんないのは田中さんのほうなのにさ」

田中が目を剝《む》く。剣呑《けんのん》な顔つきになった彼が、よもや歩美に手を上げるのではないかと、一葉は身構えた。

柊が田中の怒りを押し留めるように、遺書を突き返す。

「父親の遺書を託された娘さんがどう感じるか、考えてみたことはありますか？　赤の他人が何をと腹立たしいかもしれませんが、言わせてもらいます。私のクラスの生徒が傷つくことが目に見えている行いの、片棒を担《かつ》ぐ気はありません」

田中の怒りがあっという間にしぼんだように見受けられた。

柊が伝票を手に席を立つ。

「あ、それから交番には連絡して巡回は取り下げてもらいますから。一葉さん、行きましょう」

久太郎も立ち上がって伸びをした。一葉は遺書に目を落とす田中を見つめて動かない。

「一葉さん」

柊に名前を呼ばれる。

一葉はやっと立ち上がる。

「田中さん。あの桜、来週の火曜日に剪定《せんてい》しますよ。さっちゃんは冬休みに入ります」

空気が凜《りん》と引き締まっている。天気のいい晴れ渡った十二月下旬の午前九時。白いトラック二台で、庭師が三人やってきた。

その中には、美容院ＭＯＮＡＮＧＥ《モナンジュ》の上杉《うえすぎ》さんの姿もある。ほかの庭師と同じように上下のモスグレーの作業着に身を包んでいた。

「なんでオレまで手伝わされにゃならんの」

とぼやいている。

「ひと手が足りねえんだ。つべこべ言うな」

目つきの鋭い六十代に見える男性が、上杉さんにヘルメットを放る。この方が親方のようだ。

「ひとの頭刈るのも植木刈るのも同じこったろ」

「違うわ。んっとにひと遣いが荒《あれ》ぇのな」

ふたりのやり取りは軽やか。

愚痴っている上杉さんが、ヘルメットをかぶったら職人の顔になった。よく見るとふたりは目元が似ている。

長い脚立を立て、チェーンソーが唸《うな》りだすと、石原が勇んでスマホを向ける。取材だろう。抜かりない。

上杉さんともうひとりの庭師が、脚立を上っていく。

枝は順調に刈られていく。適当に刈っているように見えるが、親方が持つ桜の木のスケッチには書き込みがあり、親方はそれを元に指示を出し、その通りに脚立のふたりがチェーンソーをふるう。

一葉たちは切られて落ちた枝をトラックに積み込みやすいように、のこぎりや剪定ばさみで切ってまとめていく。

大家や、冬休みに入った佐知、今日は非番とのことで佐知の母親が参加している。柊もいる。冬休みでも夏休み同様、平日は出勤となっているそうだが、中津高校は長期休みの時に教員に有休を使わせるようにしているとのことで、今日は休んだという。

一時間ほどたって、お昼まで二時間という時、柊が軍手を脱ぎながら、スマホを手にブラブラしている石原に声をかけた。

「石原さん、そろそろ作りますか」

「あ、そうそう。忘れてた。昨日、朝鮮人参《にんじん》が届いたのよ。ほかの材料はバッチリ用意できてる」

「爽兄たち、何を作るの？」

枝を拾っていた佐知が興味を持つ。

「サムゲタン。夏のスタミナ料理なんだけど、寒い今の時期もいいかなと思って」

「へえ。見学していい？」

「いいよ」

「お母さん」

佐知が了解を得ようと母親を振り向くと、母親はいってらっしゃいと頷いた。

料理は、どーんとしたものがいいとの石原の要望で、大量に作れる鍋料理になった。どうせなら庭師が来る剪定の日に作れば、ふるまうこともできて一石二鳥だということで話がまとまった。柊の圧力鍋に加えて、一葉のも使おうという運びとなっていた。

二階の石原の部屋のキッチンに、エプロンをした三人と、エプロンのない部屋の主と、被服のない久太郎が立つ。

「ピカピカのキッチンですね」

佐知が目を見張る。捨ててあるリンゴの芯を見て「ほんと、よく生きてますね」と呆れを感嘆に乗せた。

土が爪にまで入り込んでいるので、いつも以上に入念に手を洗う。

柊はよく太った二羽の丸鶏《どり》のラップを剝がしていく。

「爽太《そうた》さん、私は何をすればいいでしょう」

「ええと、そしたらもち米を洗ってもらっていいですか？」

「了解です」

「爽兄、あたしは？」

「栗《くり》の皮を剝《む》きたいからさ、湯に浸してくれるか。ええと、あ、そこに電気ポットがあるから」

「はあい。サムゲタン、楽しみ～」

「体がぽかぽかして風邪予防になりそうですね」

「薬膳《やくぜん》ですからね。体調を整えて、疲労回復効果があるんですよ。石原さん、丸鶏の中身洗ってください」

柊が毛をむしられた丸鶏の両足をつかんで差し出すと、石原はスマホを持った手を胸の前で振る。

「やだよ、そんな真《ま》っ裸鶏《ぱだか》。気色悪い」

「やだじゃないです。料理です。エッセイ書くんでしょ」

「石原さんが作ってるとこ、あたしが撮ってあげますよ」

栗を湯に浸し終えた佐知が石原の手からスマホを抜いて構える。

石原はうぇぇぇ、と情けない声を出しながら真っ裸鶏をつまみ取る。ボタリと落ちる。久太郎が鼻を寄せる。柊が拾い上げて「食べ物を粗末にしない」と、石原の眼前に突き出した。大きく揺れて、石原の顔に当たる。

彼はこの世の終わりのような表情で声もなく両手に受けると、手を震わせて鶏を洗い出した。

ずるずるとすべるその手元に、柊は真摯《しんし》なまなざしを当てる。

うぇぇぇ、とべそをかく寸前の石原に、柊が能面のような顔で聞いた。

「締め切りと、どっちが嫌ですか」

「ゴキブリが歩いた歯ブラシと、便器を磨いた歯ブラシとどっちが嫌ですか、みたいな地《じ》獄《ごく》の質問やめて。どっちも嫌ですぅ」

石原の泣き言に同調して、久太郎もク～ンと情けない声を出した。

「そうですか、頑張ってください。隅々まで洗わないと臭みが出ますからね」

「皮のぶつぶつが嫌なんだよ。うぉっ、なんかぬるっとした！　柊親方ぁなんかぬるっとした！」

「誰が親方ですか。それが終わったら朝鮮人参を切ってニンニクを潰してください」

「ひと使い荒いなあっ」

「その前にこの針をガスで炙《あぶ》って消毒してから、タコ糸を通してください。あ、換気扇回すのも忘れずに」

「いやひと使いっ」

柊はショウガとゴボウをスライスしていく。石原が料理するという企画なので、あまり手を出さないようにしているようだ。

一葉は初めて見る朝鮮人参をしげしげと観察する。木の根っこのようだ。柊と出会ってから新しい料理や食材に触れる機会が格段に増した。

石原が針にタコ糸を通すと、柊は鶏をまな板に乗せた。

「首のつけ根をこれで縫い合わせてください」

石原に渡した。

「刺すってこと？」

「当たり前じゃないですか、針なんですから」

「やだー、野蛮《やばん》〜」

「とっととやってください」

石原は顔を引きつらせながら、ぶつ、ぶつ、と通していく。

「ひええっ、この皮を貫く感触が何とも……。親方ぁ脂ですべって思うようにいきませぇん」

「皮を寄せてギチッと縛るんですよ。栗の皮がそろそろやわらかくなったはずですから、剝いて、ほかの材料と一緒に尾っぽの穴から詰めます。その際はもち米が膨らむので余裕持たせてください。余った材料は一緒に炊《た》きますから大丈夫です」

淡々と説明して、手本を見せてくれた。栗のお尻を切り落として、そこから鬼皮をめくるように剝いていき、続いて渋皮を剝いていく。

石原が危なっかしい手つきで真似る。一葉も手伝う。

石原がようやっと剝いた大豆のように小さくなったひと粒を、佐知が二度見していた。

「詰めたらその穴も閉じてください」

「親方さぁ、気持ち悪くないの」

「気持ち悪いわけないじゃないですか、これから食べるんですから。あとは煮るばかりです」

最初は圧力をかけず、灰汁《あく》を取りながらぐつぐつと煮ていく。灰汁を取るのはもちろん石原である。

煮えていく音は平和の音だ。その音に満たされたキッチンで、佐知が口を開いた。

「この間、お父さんのアパート行ったんです」

おとな三人が注目する。

佐知は穏やかな顔つきで鍋を凝視している。

「お父さん、引っ越したこと隠してたけど、あたし、お父さんの様子が気になって前の面会の時にあとをつけたんです」

まさか、あんなボロボロのアパートに住んでるなんて思いもしなかった、とため息をついた。

ショウガとニンニクが香ってきた。

「一階の部屋だったので、窓から部屋の様子が見えました。部屋の中にタオルとかパンツとか、洗濯物がかかっていて、ああ、自分でちゃんと洗濯してるんだなって分かりました。畳の上にひとり用の小さなテーブルがひとつありました。三人家族だった時使ってたダイニングテーブル、きっと捨てたんですね。お弁当とかカップ麺《めん》の空き容器が重ねられて、お酒の瓶《びん》とか缶とかが並んでるのが見えました。窓の外には、水を吸って膨らんだ雑誌が紐で結わえられて放置されてたんですが、その雑誌、多分、仕事探しの情報誌だと思う。コンビニに似たのがあったから。そんな部屋でお父さん」

佐知がぷっと笑った。

「上半身裸になって寝転がってたんです。ギョッとしたんだけど、起き上がったお父さんの背中には湿布がくっついてて、そうか、湿布を畳に並べてその上に寝っ転がって貼ったんだって分かったんです。お父さん、猫背だから背中が疲れちゃって、離婚する前はお母さんに貼ってもらってました。喧嘩してもそれだけはお母さんにやってもらうんです。不思議でした。不思議で、おかしかった。おとなって変」

クスクスと笑う佐知に、久太郎が近づいていき、佐知の顔を見上げながらスキニーパンツのすねをそっとかいた。

佐知の表情や口調より、久太郎のそのすぼまった小さい前足が労《いた》わるようにかく仕草に、一葉は、佐知の胸の痛みを知った。

真奈は、ちゃんと寂しいと自分の気持ちを吐き出したけれど、佐知は胸の内を言わない。おとなになるにつれて、本当の気持ちを伝えることが難しく感じられるようになる。つらいも寂しいも――好きも、本心であればあるほど簡単じゃなくなっている。

一葉は柊に視線を転じた。彼は鍋に目を落としている。湯気がその顔をなでていく。

佐知に目を戻した。その瞬間にすれ違うように柊がこっちを見た気がしたが、一葉は視線を戻さず佐知を見つめていた。

佐知はしゃがんで久太郎の前足を握る。

久太郎も後ろ足を折り曲げてしゃがみ、自分の前足を揺する佐知の手をぺろりと舐めた。

お昼になり、庭師たちが休み始めたタイミングで、サムゲタンができあがった。

鍋を運び出す。雑誌を鍋敷き代わりにしてトラックの荷台に据え、小鉢に分け、小皿に塩や胡椒《こしょう》、小口切りにしたネギを用意して、みんなにふるまう。

「すごいですねえ。これって家で作れるんですか」

佐知の母親が瞠目《どうもく》した。

「あもう、全然ちょろいもんだよ。さっちゃんが作り方覚えたから、親子で作ってみなよ」

と石原が小鼻を広げる。

庭師の三人はトラックの運転席や助手席で、万福荘の面々はトラックの荷台に、そこに積んであったブルーシートを畳んでクッション代わりに敷き、食べ始めた。一葉はちょっとしたキャンプ気分だ。

鶏肉に塩や胡椒を振りかけてかぶりつく。骨からほろほろとほぐれる肉はジューシーでやわらかい。臭みはなく、ニンニクとショウガが利いた鶏の出汁《だし》が、ごはんにたっぷり染み込んでいる。

じわじわと体が芯から温まってくる。

うまいうまいと感嘆の声が上がる。気持ち悪がっていた石原が一番モリモリ食べている。

久太郎には、地面に置いたエサ皿に、ドッグフードとキュウリを与えた。

エサ皿に顔を突っ込んでいた久太郎がふと、駐車場を振り向いた。ひと声吠える。

つられるようにみんなが駐車場に顔を向けると、路地と敷地の境目に、ガニ股で猫背の小柄な男、田中が立っていた。

佐知が「お父さん……」と呼ぶ。母親がハッとし、緊張感をまとって荷台から降りた。

田中は娘と元妻を見て眩《まぶ》しそうに目を細めた。自信なさげで脆弱《ぜいじゃく》な笑みだ。

それから彼は今日のメンバーのうち、最も目立った服——真っ赤なダウンコートに紫色のレギンスを合わせ、黄色いレッグウォーマーという自然界の生き物なら本気の警戒色──で身を包んだ大家に頭を下げる。

「お久しぶりです。昔お世話になってました田中です」

大家は考えるような間のあとで、ああ、と眉を上げた。

「田中さん。お久しぶりです。こちらこそうちの父共々お世話になりました」

田中は自分の込み入った事情を大家に説明せず、大家も何も聞かない。元店子《たなこ》は元妻と娘に向き直った。

佐知の母親は娘を守るようにぴたりとくっつく。

「あんたから面会断っときながら何しに来たの」

田中は口ごもる。

佐知が口を開く。

「お父さん、仕事、ないんじゃないの」

田中の目が泳いだ。

佐知は、やっぱり、とため息をつく。母親は意外そうな顔で、本当なの？　と娘に聞いた。佐知は手短に、訪れたアパートと野ざらしにされていた雑誌のことを伝える。その際、湿布のことや荒れた部屋の様子には触れなかった。

お父さん、と佐知は呼びかける。

「無理して贅沢《ぜいたく》なごはんを食べさせてくれなくてよかったんだよ。お父さんがお弁当とかカップ麺じゃないごはんを食べてくれるなら、一皿千円のマグロのお寿司より、一杯三百円の牛丼で十分満足なんだよ。毎回くれるプレゼントだってそうだよ。いらないって断ってたじゃん」

田中は決まり悪そうな笑みを浮かべ、脂っぽい髪をかき上げた。

「口ではそう言ってても、やっぱりもらったら嬉しいんじゃないかと思ってさ」

佐知母が娘の肩に手を置いて、田中を見据えた。

「この子は自分の欲より、あんたの体を心配してんのよ。なのに、佐知の気も知らないで、あんたは物だの金だの、目に見えるものさえ与えとけば喜ぶと短絡的に決めつけてる。自己満足っていうのよ。何にも分かってない」

分かんねえから離婚になんだよなあ、と口にしこたま詰め込んだ石原が野次《やじ》とサムゲタンのかけらを飛ばす。

「贅沢なごはんとかプレゼントもらえなくなるより、親から会うのを拒絶されるほうが応《こた》えるって分かんないわけ?」

佐知の母親が声を震わせて嘆く。田中は顔を歪めた。

佐知がゆっくり語りかける。

「お父さんたちが離婚する前、お父さんすごく忙しくてあんまり話をすることもなかったけど、離婚してから面会の機会ができて、前よりあたしお父さんとしゃべってる。だから、面会は楽しみだったんだよ」

田中は眉をハの字にして俯《うつむ》いた。両脇に下ろされた空の手が、一葉には所在なげに見える。

何か、してやりたかったんだ、と田中は漏《も》らした。

「目に見えるものしか、信じられなくなってた。だから、せめて目に見えるもので何かしてやりたかった」

しんとした。

凍《し》みた風が吹き、田中の手が、空っぽを強調するように揺れた。

一葉は傍《かたわ》らに置いていた圧力鍋のふたを開ける。湯気が立ち上る。この圧力鍋は分厚いので保温性も優れている。器によそって割り箸を添え、田中に差し出した。

「どうぞ、そこにかけて、召し上がってください」

一葉は、トラックの荷台を指し示す。

田中は踵《かかと》を潰したスニーカーを引きずってトラックへ近づき、荷台に腰かけた。

柊も塩と胡椒、ネギの小皿を彼のそばに並べる。

久太郎が、空っぽになったエサ皿をくわえて一葉に近づいてきた。

「久ちゃん、これはニンニクとか入ってるからダメなの、ごめんね。それにもういっぱい食べたでしょ。食べ過ぎると具合悪くなっちゃうよ」

こんこんと言い聞かせると、久太郎は田中を振り向き、サムゲタンをただただじっと見つめるばかりの彼のもとへ向かう。正面に座った。

田中は意表をつかれたように目をぱちくりさせる。

田中以外、みんなが笑った。

「ほら、犬は賢いよ。あなたもさっさと食べちゃいなさいよ」

大家が勧める。

田中はおずおずとサムゲタンに口をつけた。

「鍋なんて久しぶりに食べたな。ひとりだとどうしても鍋ってやらないんだ。鍋どころか、買った弁当なんかは、温めることすらもしなかった」

田中がぽつりと漏らす。佐知は眉根のあたりを硬くして、もどかしいような憐《あわ》れむような、不安定な表情をしている。

「この料理は、まだ家族だった頃に店に行って食べたっけな。あの店はまだあるのかな」

「もうないわ」

佐知母がぴしゃりと答える。

「……そうか。その時食べたものより、出汁が利いていて優しい味だ」

佐知も佐知母も田中も、一緒に作ろうと言い出さない。

これから先、三人で作る機会があるのだろうか。

一葉は改めて佐知親子を見る。

娘は、父親が口に運ぶのを見守っている。難しいことだろうに佐知は、自力ではどうにもならない状況を受け入れてきたのだと知った。そのしなやかさが、一葉の目には健気で素敵に映る。

三人で作る機会があるかどうか分からないけれど、見守る娘がいるのだから、田中には、すべてを失くしてしまったなどと絶望しないでほしいと一葉は願った。

そろそろ時間になり、庭師たちが仕事を再開する。

一葉と柊も鍋や器を片づけた。

庭に戻ってくると、作業はかなり進んでいた。

佐知親子と大家は枝を束にしている。

田中は荷台に座って、みるみるさっぱりしていく桜を漫然とした表情で眺めていた。

「ああいうのを切るんすね」

と、石原が親方にスマホを向けると、親方が耳にかけた赤鉛筆で木の上部を指した。そこは、細い枝が密集して暗がりができている。

「日を遮《さえぎ》っちゃって通気性も悪くなる。そうすると害虫が湧くんですよ」

「へえ」

「あっちはね、からみ枝って言うんです。ほかの枝に絡んでるっしょ」

「ああ、ほんとだ」

「風でほかの枝を傷つける恐れがあるんですわ。傷つくとそっから腐っちまう」

「自分で自分を傷つけてしまうんですね」

「そう。また適度に切らねえと重さで折れちまったりもするんですよ」

「なるほどねぇ。ところで春先とか秋口の陽気のいい日のほうが作業しやすくないですか?」

「いやいや。今の時期のほうがいいんです。葉っぱがなくて剪定しやすいってのがひとつと、木が休む時期だから。枝を切るってのは手術とおんなじでさぁ、起きてる時に切るよりゃ、寝てる時に切っちまったほうがいいんです。体力温存してる時だから切ってもダメージが少ねえですから」

田中は、会話しているふたりに注目していた。会話に耳を傾けていたようだった。それから彼は、桜に視線を転ずる。

「オレが万福荘に住んでいた頃は、桜の幹はツルッとしてたけど、今はゴツゴツしてる部分がちらほら出てきたな」

「かさぶたに似てますね」

一葉も幹を見やる。

「かさぶたか。……ほとんど全身かさぶただ……」

「雨の日も、風の日も、立ち続けてってどこか宮沢賢治《みやざわけんじ》みたいです。これからも立ち続けるために、この木は幹にかさぶたを作ることを選んだんですねえ」

田中が立ち上がった。ダウンジャケットを脱ぐ。顔の血色がよくなっている。

「親方さん、オレも手伝っていいですか」

「もちろん。願ったり叶ったりでさぁ」

田中も枝を集め始めた。

佐知が父親に枝の束を渡す。田中はそれを抱えてトラックに積み込む。元妻は声をかけない。時々、視線を送る程度。

「あれが最後」

と、親方が指した枝が落とされた。

汗ばんだ全員に、ご褒美のような澄み切った風が吹きつける。

田中は首を反らせて桜を見上げた。

おお、だか、ああ、だか、田中は腹から感嘆を漏らした。

光が、枝の隅々にまで降り注いでいる。

澱《よど》んだ暗がりはどこにもない。

新鮮な風が通り抜けていく。

気持ちがいいなと一葉は思った。

知らず知らずのうちに、不要なものまで後生大事に抱え込んでいることがある。その時必要でも、時間がたって不要になるものもある。

今の自分に合わなくなったらそれはもう、切っていいんだ。——あの時の自分につき合ってくれてありがとう、と言って。

切り口に薬が塗られていくのを田中は見上げる。上気したその頰に冬の薄日が差し、さやかに光っていた。

「仕事ってなんなんでしょう」

田中の呟《つぶや》きに、脚立を担いでトラックに戻ってきた上杉さんが、足を止め、田中をつくづくと眺める。

「そんなもん、決まってますでしょう」

土埃《つちぼこり》が張りつく顔を腕で拭った。

「うめえビール飲むための前振りですよ」

田中は、その言葉を体に染み込ませるようにゆっくりとまばたきをした。

久太郎がそばに行く。田中を見上げる。田中も見下ろし、少し笑った。お前もうまいビールが飲みたいのか、と聞く。久太郎は尾を振った。

田中が一葉を振り向く。

「五月頃だったな。仕事がなかなか見つからなくて、だんだん荒れ始めた時。夜、道っ端で知らないばあさんに怒鳴られた。お宅の身内だったのかな」

　一葉はその時の場面を思い出す。

　マリーさんを交えて飲み会をした日のことだ。横断歩道ではないところを渡ろうとした男、田中を、マリーさんがどやしつけたのだ。

「横断歩道を渡りなさい、でしたっけ」

「それもある。あともう一回」

　二回も怒鳴ったかしら、と記憶を辿《たど》っていると、

「足元！」

　田中が声を張った。周囲に響き、全員が注目した。

「って」

　と、田中がはにかむ。目尻と口元にしわが集まる。純朴《じゅんぼく》そうな笑みだ。

「よく覚えてらっしゃいましたね」

　一葉は彼の記憶力に舌を巻いた。

「記憶力がいいというわけじゃないが、どういうわけだかそれだけは覚えてた。あの時は単に酔っぱらって足元が覚束《おぼつか》なかったことだけに対する注意だと思ってたんだ。でも不思議とずっと頭の中に残ってた。今考えてみれば、生き方を教えられたように思えてくる。

あれから月に一度くらいあのあたりに行ってたんだ。あのばあさん、あそこに立ってやしねえかって。理由は分かんねえけど、会いたくてさ」

あのひとは元気かいと聞かれ、一葉はほほ笑むだけに留めた。

一葉を見つめる田中の目に、察したような気配が見えた。彼は深くはたずねず、桜を見上げた。

「本来ならどの枝も幹も、これだけの日差しと風を受けられてるはずなんだよな。余計なものが取り払われて、見た目も、実際の重量も、ずいぶん軽くなったな。生まれ変わったみたいだ」

田中が足元に散らばっている細い枝を、身をかがめて一本二本と集める。

「オレ、プライドとか、これまでこうだったからこれからもこうじゃなきゃ嫌だとかそういう余計なもの取っ払って、仕事一から探す。同じ酒ならうまく飲んだほうがいいからな」

宣言するように口調を強めた。

佐知の母親はそっけなく一瞥《いちべつ》する。一見すると冷たそうだが、一葉は、冷たいのではなく、気を張っているのだと受け取った。去年、佐知の母は、暗い目に疲れた顔をしていたことがあったが、今は明らかに目に、母子家庭を支えていこうというキリッとした生命力が宿っているから。

「大家さん、格安で貸せる物件ってありませんか？」

今いるアパートを追い出されると聞いていたので、一葉は聞いた。

察しのいい大家が田中に向き直る。

「ありますよ。田中さん、あなたは運がいい。小岩井《こいわい》へ行く途中にある、畑に囲まれた古民家がちょうど空いてるんです。相当に古いけど前の店子さんが大事に使ってくれてたから、床も柱もすべすべピカピカ。裏には林があってのどかだよ。菜園もついてるから食費も浮くし体にもいい」

「どこかで聞いたことのある物件ですね」

一葉が面白がると、大家は目にごみが入ったかのようなウィンクをした。


夜空は厚い雲に覆《おお》われていた。

曇《くも》りの日は、そうじゃない日より寒さが和《やわ》らいでいる。

久太郎の散歩から帰ってきた一葉は、万福荘の駐車場に踏み入ったところで足を止めた。

オレンジメタリック色のスポーツセダンが白線からはみ出て停まっている。このカラーはそう多くは見かけないが、一葉には見覚えがある。

運転席のドアが開く。外灯の明かりが、ドアをなめらかになでる。

降りたひとが片手を上げた。

「やあ。一葉、おかえり」

「清水さん……」

久太郎は鼻を上げ、空中をクンクンと嗅《か》ぐと、一葉を見上げる。一葉はリードをギュッと握った。

「散歩だったんだね」

「……ええ」

一葉は警戒する。相手に対してというより、自分自身に対して。

ぐっと拳《こぶし》を握る。ぐらつくな自分。

「この間、いきなり帰っちゃったじゃん、話もできなかった」

ワンプレートランチを食べた時のことだ。かつ丼か鍋が食べたいと思っていた。そんなことを思い出せるなんて、ひょっとしたら今、私には余裕があるのではないかと気持ちの容量を確かめる。

「私からは話すことは特にないです」

「まあそうつんけんしないで。ここじゃなんだから部屋に上げてよ」

「無理です」

清水は頭をかいた。聞き分けの悪いペットに手こずらされているみたいに、横を向いてため息をつく。

「困ったなあ」

久太郎が吠える。柊に対する吠え方と違って、腹の底から重たい声を発する。

清水は顔をしかめて久太郎を一瞥すると、また一葉に視線を戻した。

「オレらやり直せない？　やっぱり一葉がいいよ。穏やかだし、話をよく聞いてくれるし。あれこれねだらなくて金かかんないし、何たって楽だもん。一葉だってそうだろ？　どうせ今、ひとりだろ？」

彼女とは別れたのだろう。だから埋め合わせに声をかけてきたのだ。

久太郎はリードをぴんと張って吠え続ける。万福荘にビシビシと響く。

「相っ変わらずうるさい雑種だなあ。何とかしてよ」

清水が心底うんざりしたように久太郎を顎で指す。

万福荘の一〇二のドアが開いた。

「どうしました？」

久太郎が柊を見て、吠えるのをやめる。尾がかすかに揺れたのを一葉は目にした。それに勇気づけられるように一葉は清水に向き直る。視界の隅には、不要なものをバッサリ切られてサッパリした桜が映って背を押してくれている。

「清水さん、やり直しは、ないよ」

一葉はゆっくりと言い聞かせる。清水はきょとんとする。

「なんで？　一葉ようく考えてみて。二十代の後半まで誰ともつき合ったことがなかった

決まった。

清水なりに痛いところをついたつもりなのだろう。一葉は侮辱《ぶじょく》されたことで逆に腹が
柊の声には怒気が含まれている。足音が近づいてきた。

「ちょっと」

のをオレが拾ってやったんだよ?」


決まった。


元カレを見据える。

「つき合ってくれて、ありがとう。いい勉強になったよ。だからその成果を発揮したの。今、私の好きなひとは、あなたじゃない」

清水の顔が引きつった。

二階のドアが開いて佐知が姿を見せる。

「どうしたんですか、セールスですか、新聞も壺《つぼ》も磁気マットレスもいらないですよ」

さらに隣の部屋のドアから、たばこをくわえた石原が出てくる。

「かーずはちゃ~ん、なしたー?」

能天気に聞いてきた。

こんな状況なのに笑いそうになる自分自身が、一葉は好きだと思った。

清水は二階の石原を見上げた。

「あの男か。おいあんた」

清水が石原を指した。大音声《だいおんじょう》が響き渡る。何を言う気だと一葉は警戒する。

「この女はなあ、鈍くさくて不器用でおせっかいで、料理は下手だし腹は出てるしそのくせ胸は小さくて手が余る」

清水は一葉をコケにして、得意げに三人に見得を切る。

冷ややかな目で清水を見返す三人。

あまりの無反応にたじろぐ様子を見せる清水。

石原のくわえているたばこがひときわ赤く光ったかと思うと、彼は口からつまみ取って無造作に清水へと投げた。ほとんど流れるような動作だったので、一葉にはそれが正しい行為に見えた。

「な、何すんだ！」

清水が悲鳴を上げ、かわす。

「鈍いとかおせっかいとか、だから何なんです?」

柊の低い声が聞こえる。

「オレは彼女が好きです」

一葉は柊を見る。彼の目が、外灯の少ない光量でもチラチラ揺れているのが見て取れる。

佐知が手を上げる。

「あたしも一葉さんが好き！」

石原が、あ〜あと額を押さえて夜空を仰ぐ。

「さっちゃん、君がそれ言っちゃったら意味が違っちゃうから。せっかく柊君が」

「へ？　文句あるんですか？」

目くじらを立てる。佐知の口調がきついのは、清水に対して腹を立てているからだろう。

まあいっか、と石原は手すりに持たれて清水を見下ろす。

「腹ぁ出てて胸が小《ち》っせぇのは見れば分かる」

「石原さんっ」

柊が怒鳴る。

「鈍かろうが不器用だろうがおせっかいで料理下手だろうが、ここの住人なら一葉ちゃんが好きなんだよ」

「石原さん……」

一葉の声がにじむ。

一葉は改めて清水に向き直った。

「機敏で器用でおせっかいじゃなくて料理上手で、お腹がぺちゃんこで胸が大きい、そういう女性があなたにはピッタリだよ。私とあなたは合わない」

清水は眉間《みけん》に深いしわを作った。地面で紫煙《しえん》を上げているたばこを踏みつける。

「確かにそうだな。お前なんかオレには合わない。頭まで鈍いんだもんな。オレを逃がしたこと後悔するぞ」

頭の鈍そうな呪詛《じゅそ》を吐き捨てると、クルマに乗り込んだ。エンジンを吹かすと、急バックし、ハンドルを切り返す。タイヤの音を響かせ、爆音と共に走り去っていった。

あとには排気ガスの臭いが残った。

「何言ってんだバーカ、逆だっつーの」

佐知が手すりに身を乗り出して、去った清水に向かって悪態をつく。

「あれでしょ、あいつ前に言ってた元カレっしょー。なかなかしょーもない男だね。ま、オレが言えた義理じゃねえけど」

訳知り顔の石原。去年、失恋の話は打ち明けてあった。

一葉は片手メガホンにして二階へ声を張る。

「石原さんはしょーもなくないです。お騒がせしましたが無事に枝刈り終了しましたー。私、皆さんに好いてもらってとても嬉しいです。ありがとうございます」

刈られた桜の枝の間を、風がスムーズに抜けていく。排気ガスの臭いを風がかき消した。

「騒いでない騒いでない。あ～あ現実はなんて平凡で退屈なのかねえ」

石原が軽やかな口ぶりで茶化し、部屋に引っ込んだ。

佐知も、おやすみなさーい、と戻っていく。

一葉は晴れ晴れとした気分で、そばに残る柊ににこりとすると、リードを握り直して部屋に足を向けた。

「一葉さん、大丈夫ですか？」

柊に声をかけられ一葉は足を止めて振り向いた。

柊が目を覗き込んでくる。

風がやんだ。

一葉は佐知が元気のない時のことを思い出した。

「何がです？」

眉と口角を上げる。

柊もつられるように、ホッと目元を解《ほぐ》す。

「……前に言ってた雑貨の店、まだ行けてませんでしたね。一葉さん、休みいつですか？」


白鳥が編隊を組んで、薄い色の空を渡っていく。

霞む山並みを見ながら、真っ平らな大地に、ずどーんと伸びる国道を南下して仙北町《せんぼくちょう》へ入る。その店は国道沿いにあった。

倉庫のような巨大な建物はガラス張りで、駐車場からは店内の様子はもちろん、フードコートや子どもの遊び場も備えられているのが確認できる。

「広いですねえ」

げられたガラスの棚にゆったりと並んでいた。

「東京ドームくらいですかね」

「東京ドーム……？　なかなかぴんと来ないですけど、五ヘクタール弱くらいかなあ」

ちょっとした方向音痴なら確実に迷子になれそうなくらい大きい。

広々とした開放的な店内には、機能的で飽きがこず、洗練されたデザインの品が磨き上げられたガラスの棚にゆったりと並んでいた。

一葉の血圧は上がる。

コースターよりひと回り大きいくらいのシリコン製の四角い敷物を見つけて、とりあえず揉み込んでみると、柊が、

「ジャーオープナーですよ。密着率が高いので、固いふたも簡単に開けられるのはもちろんですが、優れているのは食器棚のガラス窓や冷蔵庫にくっつくところです。収納も邪魔になりません」

と、顔を輝かせて教えてくれる。

「どこ行ったか探さなくてもいいですね。ぷにょぷにょしてて触り心地がいいです。これならやわらかくて、手が痛くなさそう。あそうだ、鍋敷きっていうのもあるんでしょうか。圧力鍋を置くものが欲しいです」

希望を伝えると、柊はさらに嬉しそうな顔をした。

「こっちです」

踵を返して棚の間を進んでいく。クルマの運転と同じで、ひとの波を苦もなくするすると縫っていく。斜め後ろからでも、おもちゃ売り場にやってきた子どもみたいな純粋な喜びに満ちた顔であるのが分かる。こっちの顔まで緩んでしまう。

ただし、ひと混みに不慣れな一葉は、遅れがちになる。

すれ違い様、若い男女とぶつかった。すみません、と頭を下げ合う。

立ち去る男女は恋人つなぎをしていた。

何とはなしに見送っていた一葉は、手を取られた。振り向くと柊。

「すみません、さっさと行っちゃって。こっちですよ」

そのまま引かれていく。握手のような握り方だから全然痛くない。ずっとつないでいても疲れないだろうと思う。温もりと感触は、一葉を安心させる。

鍋敷きばかりがずらりと並んだ棚の前に立った。棚四段を占領している。鍋敷きで世界を測るのはあんまりかもしれないが、世界は広い。自分の世界の小ささを知ることができる貴重な体験。

つないだ手を解いて、柊は拍子木のような商品を手に取る。

「デンマーク製のこの鍋敷きは普段はこうやって畳んで収納しておけるんです。使う時は十字に開くだけ。しかも優れているのが、これ、磁石が内蔵されてるんですよ」

「おお、これなら鍋を移す時も鍋にくっついてくるんですね。これはいいですねえ。あ、値段も手頃。こういう機能的でおしゃれで、いい具合の値段のものを掘り出すのは難しいので、助かります」

機能的なもの以外にも、ユニークなものやデザインに優れたものが目白押しで、ここは生活を楽しむためのものが一堂に会している場所なんだなと感心した。

食器コーナーで、ブナの木を使ったスープボウルを見つけた。POP《ポップ》には味噌汁椀《みそしるわん》としても、サラダボウルとしても小鉢としても使えると書かれてある。うちにある味噌汁椀は、プラスチックだ。おまけに塗装が剝げている。

手の窪《くぼ》みにピッタリとはまるそれをためつすがめつしながら、ペアだけど、この大きさなら、ひとつをスープ用に、もうひとつはサラダボウルやシリアルボウルとしてセットで使えそうだと検討していると、背後から年配の男女の声が聞こえてきた。

これいいんじゃないの、手頃な大きさだし。ぼくは料理できないよ。やってみなさい定年したら一日一食は自分で作るんですからね。インスタント物を食べるさ。いい機会なんだからチャレンジしてみましょうよ。

振り向くと、ガラス棚の向こうに、フライパンを手にした男女の背中があった。

「お父さん？　お母さん？」

親というものは背中を見ても分かるものだ。

振り向いた男女は果たしてその通りで、一葉を見て、おや、という顔をした。

「一葉じゃない」

「お母さんたちこっちまで買い物に来てるの？」

「今日は特別よ。お父さんの料理道具を揃《そろ》えるために来たの。歳《とし》もひとつ取ったことだし、定年も近いでしょ。家にいるようになったら家事を覚えてもらわなくちゃ。いい道具なら覚えるのも苦じゃないでしょ。あなたこそ」

「今日初めて来たよ」

「ここまでどうやって来たの？　駅からは遠いし、バス停もそばにないじゃない。クルマがないと不便でしょう」

「ええと……」

　傍らの柊を見上げる。

　母が一葉と柊を見比べる。

「一葉、この方は？」

「アパートのお隣さんの柊爽太先生で、中津高校で家庭科を教えてるの」

　柊が爽《さわ》やかな笑みで両親に挨拶《あいさつ》する。

　母は双葉から聞いたことと結びついたのか、ピンときた顔で、父はいつも通り何を考えているのかつかめない無表情で挨拶を返した。

なんでこんなことになってるの、と一葉は背筋を突っ張らせ、畏《かしこ》まって目の前の珈琲《コーヒー》を見つめた。

フードコートの木製の四角いテーブルを囲む四人。一葉の隣に柊、正面に両親。

母は好奇心に満ちた目をしている。父は生真面目なスクエア眼鏡の下の目を伏せて、砂糖の袋をちまちま折っていた。

みんなの前には、湯気を上げる珈琲。お茶代はまとめて父が払った。

周囲のテーブル席では子どもがきゃあきゃあはしゃぎ、母親の注意が飛び、女性グループの笑い声が上がっている。明るくリラックスした雰囲気の中、このテーブルだけ緊張感がある。あるいは、一葉だけがそう感じているのかもしれないが。

清水とつき合っていた時は、妹にさえ紹介したことはない。それなのに、つき合ってもいない相手を両親の前に座らせているこの状態は、もしや彼に失礼なのではないか。面接、法廷、おしらすといった不穏な言葉が浮かぶ。

一葉はカップを手にする。フードコートのそれは使い捨てのカップである。スリーブ越しにも、珈琲の熱さが伝わってくる。

柊もカップを手にした。口をつける前に、一葉はつい小声で「熱いですよ、気をつけて」と注意を促す。ただ忠告しただけなのに、こっちを見つめる両親の視線が強くなった気がして、一葉はなんとなく袖の上から腕をかいたりする。

「先生はご出身はどちらですか?」

ふーふーと吹き冷ましている柊に、母が聞く。雰囲気がどこか尋問。嫌な方向へ流れる予感に一葉はヒヤリとする。

「東京です」

一葉が口をはさむより先に、柊があっさりと答えた。

「あら」

母は案の定、首を傾げる。

「どうして岩手まで……。東京でご就職はしなかったんですか?」

「お母さん」

一葉は、柊の過去を気にして牽制《けんせい》するが、母は意に介さない。

「東京ならたくさん就職先があったでしょうに」

「ええ、一旦は就職したんです。でも」

「爽太さん、言わなくていいです」

一葉は、少し早口で強目に言った。砂糖の細い袋を折り畳んでいる父の意識がこちらに向いたのを感じた。母は射抜くように柊を見つめている。

柊は両手を太股《ふともも》の上に下ろして軽く握ると一葉に目で軽く頷き、両親に焦点を結んだ。

「生徒との間に噂《うわさ》が立ってしまいました。私自身の甘さです」

ストレートにぶち込んだので一葉は反射的に立ち上がりかけた。これが歩美なら「うぉおい！」とツッコんでいたかも。いや、彼女は回りくどいのが嫌いだから、柊の斬り込み方を潔《いさぎよ》しとするかもしれない。

一葉は何とか双方のダメージが少なくてすむよう、話の方向を変えられないかとヤキモキするが、そうしているうちに柊はどんどん打ち明けていく。まるで止められる前にすべてを洗いざらい話してしまおうというように。

一葉は、さっき安心させてくれた彼の手に、自分の手を重ねた。柊の拳のほうが大きくて、覆い切れない。

柊は顔を正面に向けたまま、一葉の手の下で手を返し、一葉の手を握り返した。ことの顛末《てんまつ》が最後まで明かされた時には、一葉は気疲れでぐったりしていた。

一方の柊は、話す前とあとで変わった様子はない。背筋を伸ばしたまま、さっぱりした風も高揚している風もない、平らかな面持《おもも》ちをしている。

そういった心境に至るには、一体どれだけ考えて考えて考え続けてきたのだろう。

彼は最後まで誤魔化さなかった。隠さなかった。すべてを正直に話した。

母は困惑の表情を浮かべていたが、その中にはうっすらと敬遠の色がにじんでいた。父は相変わらずの無表情で何を考えているのか、徹底して不明。

「あちらで、教員を続けたかったんじゃないですか？」

母が探りを入れる。

「教鞭《きょうべん》さえ取れれば、正直なところ、場所はどこでもよかったんです」

母は珈琲をひと口飲んで、苦い、と顔をしかめ、お父さんこれ飲んでちょうだい、と隣の父にすべらせた。勢いよすぎて、珈琲が跳ねて白いテーブルに散る。

一葉は握った手を解き、備えつけのペーパーナプキンに手を伸ばす。柊はポケットから無地の空色のタオルハンカチを取り出すと、一葉がペーパーナプキンをホルダーから抜き取っている間にこぼした珈琲の上に乗せ、サッと拭き取った。

シミになってしまう、と一葉はヒヤリとする。

「あら、すみません、そちらクリーニングしてお返しを……」

母が手を差し出す。

柊は、大丈夫ですよ、とにこやかに答える。

「これ、シミになりにくいんです。ここで買ったんですがマイクロファイバーを使ってるんですよ。よく吸い取りますし、すぐに乾きます」

柊が若干前かがみになって早口で説明すると、母は身を引いた。

「…………ここの店員さんにお知り合いでも？」

「いいえ。単純にキッチン雑貨が好きなだけです。そういえば、先ほどご覧になってたフライパンですが、デンマーク製の優れ物があるんです。私も使ってるんですが、熱伝導率がいいので、野菜炒めが家庭の火力でもシャキッと仕上がるんですよ。もちろんフッ素加工がしてあって、餃子《ぎょうざ》とか油なしでいけます。加工がしてあるにもかかわらず、そのフライパンは鉄のフライ返しを使っても傷がつきにくいんですよ。しかも使われてるフッ素は有害物質の出ない特殊なものなんです」

「あら、そうなんですか？　お父さん、あたし覚えられないから、代わりに覚えておいて。例えばお鍋ならおすすめのは何かあります？」

「両手鍋ならフランス製のガラス鍋がいいですよ。ガラスなので食材の味が邪魔されないですし、汚れ落ちもいいので手入れが簡単です。匂いもサッパリ取れるので、次の料理に影響しません。ガスのほか、電子レンジ、オーブンにも使えるんです」

母は柊の話に次第に前のめりになっていく。

隣のテーブル席の家族連れが席を立った。

聞き入っていた母は急に我に返って、乗り出していた身を戻す。柊を見る目に冷ややかな距離が戻ってきてしまった。いくらキッチン雑貨に詳しくても、その件と今明かされた件は別ですから、と割り切っている。

彼女は芝居がかった仕草で腕時計を見た。

「あら、そろそろ帰ろうかしら」

ハンドバッグを手に立ち上がる。

「あ、もうですか？」

「ええ。お買い物の時間を計算すると、そろそろ行かなくちゃ。サスペンスドラマの再放送を見逃したくないので。お時間をいただき、ありがとうございました。さあ行きましょうお父さん」

母はおざなりに柊に挨拶してから、一葉に「深く関わっちゃダメよ」という意味を含んだ目配せをする。

「お会いできて嬉しかったです」

柊も立ち上がると、手を差し出した。母は一瞥しただけでその手を取らず、椅子《いす》にかけていたコートを取る。

横から、父が柊の手を握った。

「こちらこそ、お話しできてよかったです。あなたより一葉は年長さんですが、今後ともよろしくお願いします」

母が目に険をにじませる。

「お父さんっ」

父は柔和なしわを目尻に集めて、まあまあ、と母をいなす。

「柊さん、あなたスマホを一度も見ませんでしたね。テーブルにさえ出さなかった。別に遠慮しなくてもよかったんですよ」

「お父さん、そんなのどうだっていいじゃない。ほら、早く帰りましょう」

　母が急かす。

「私にとっては、今お会いしている方が一番なので」

　柊が穏やかな口ぶりで言った。

　父は眼鏡を上げる。口元が「ほぉ」と形作った。

「あなたは、大事なものが何か知ってるんですねえ」

　立ち去り間際、父は自身と母が使った椅子をテーブルの下にしまった。

　両親がひと混みに紛れるまで見送っていた柊が腰を下ろす。

「ひょっとしてお母さん、怒ってました？」

「いいえ、そんなことはないです。単純にドラマが気になってただけですよ。爽太さんに失礼な態度を取ってしまって、すみません。温かい対応をしていただいてありがとうございます」

　柊は全然、と笑みを浮かべた。

「いずれ知られるのなら、初めから伝えておいたほうがいいですから」

　深い意味があるのかないのか、どちらにしても、未来を示唆《しさ》するその言葉は、気持ちを明るくしてくれる。

「私は動揺してしまいました」

「話すのは尻込みしますけど、それもわずかな時間ですから。先日の枝刈りのおかげかな。あれを思い出したら、シンプルに明かしてしまったほうがいいなと思ったんですよ」

柊は珈琲に手を伸ばす。反射的に一葉は「気をつけて」と忠告してしまう。

柊は一気に飲むと、「冷めてるんで大丈夫です」と破顔した。

「そうでした」

「メニューにアイス珈琲があったのは分かってたんですが、一葉さんたちと同じのを飲みたかったんですよ」


年末の大晦日《おおみそか》。

「お母さん、納得できないわ」

お盆以来、四か月ぶりに実家に帰った一葉に、母は鼻息荒く柊に対する不満を訴えた。

「確かにね、お母さん言ったわよ、ええ言いました。選り好みするなとか、そこそこのひとだったら決めなさいとか。だけどね一葉、あのひとは違うわよ」

会ったその日のうちに電話などで文句をねじ込んでこなかったのは、正月目前だったからだろう。正月には会うのだから直接話すつもりだったらしい。

ふたりが話している場所は、実家のキッチンである。それぞれがコンロと流しの前に立っているのである。

数年前にリフォームして、システムキッチンを入れたため、キッチン自体はよそよそしいほどピカピカで明るいが、ちょっとした部分に以前の気配が残っている。

輪ゴムがシンクの温冷切り替えのレバーに引っかかっていたり、ピンクのゴム手袋がピンチでぶら下げられていたり、冷蔵庫に町内会の行事やごみの分別が貼られていたり、摩《ま》耗《もう》した菜箸がインスタント珈琲の空き瓶に挿さっていたり、ビールのメーカーのロゴが入ったグラスが並んでいたり。

シンク下の扉の中には年季が入った鍋釜《なべがま》が収まっているが、新しい三十センチのフライパンが一番上に重ねられていた。

引き戸を開け放した続きのリビングから、テレビアニメの音にかぶせて真奈と優奈の笑い声が聞こえてくる。

三口コンロはフル稼働中。コンロのひとつでは煮しめの大鍋がぐつぐつ煮えていて、もうひとつでは圧力鍋で黒豆が煮えている。そして残りのひとつで母が伊達巻《だてまき》を焼いている。

圧力鍋は去年一葉が勧めた。最初は怖がっていた母だったが、時短になってガス代がからず煮物が簡単にできると知るや積極的に使っているらしい。

一葉は、伊達巻に使ったミキサーを洗っていた。卵とはんぺんと出汁を攪拌《かくはん》したのだ。粘り気のあるものが底の刃にべったりついてなかなか落ちない。

窓拭き終わったよーと雑巾をかけたバケツと洗剤スプレーを手に双葉がキッチンに入っ

てくると、母が話を中断した。

「和也《かずや》さんは？」

「玄関で鏡餅《もち》の上の蜜柑《みかん》の角度を調整してる」

後ろでひとつに結んだ髪を結い直しながら諦《あきら》めのため息をつく。洗面所のドアを開けて隅にバケツを置いた。

「また？」

「また」

「暇ねえ」

このまま母が柊の話題から手を引いてくれることを願っていると、

「生徒さんと問題って、あり得ないでしょう」

あっという間に戻ってきた。ブーメランか引退宣言した芸能人の復帰並みに早かった。板状にふっくらこんがり焼けた伊達巻を玉子焼き器から巻き簾《まきすだれ》に移して巻いていく母に訴える。

「単なる噂だってば。先生も自分が甘かったって言ってたでしょ。それに今は何にも問題なんか起こってないんだし」

中津高校内では、自身はゲイということにしているようだったが、それは今も継続中なのだろうか。

「ひょっとして、アパートのお隣さんのこと？」

双葉の声に張りが出る。

「お母さんも会った？　どこで？」

母が仙北町の雑貨店を挙げると、双葉は顔を輝かせておおっと声を上げた。

「ついに同棲するんだ」

「馬鹿言いなさんな」

母がすかさず否定する。

「だって、そこってキッチン雑貨の店でしょ？　一緒に住むのに必要なものを買いに行ったんじゃないの？　あたし、あのひといいと思う。優しいし、気が利くし、可愛《かわい》いし、真奈が懐いてたし、犬はまああんまり懐いてなかったけど、家事が得意だし可愛いし、あこれ二回目だ」

「あなたが言うように優しそうな方だったけど、そういうところの詰めが甘いのはよくないわ」

「犬に懐かれないことが？」

「生徒との間に噂が出ることがよ」

「そりゃあ、出るでしょ、優しいし気が利くし可愛いしそれからええと何言おうとしてたんだっけ……とにかくあのスペックなら出ないほうがおかしいよ」

母は双葉の相手をするのを諦め、一葉に向き直った。

「優しい男っていうのは、誰にでも優しいの」

「石原さんには厳しいけど」

「誰だって?」

双葉が首を突っ込んでくる。

「こっちのこと」

「キッチンの道具の説明は分かりやすかったし、いろいろご存じでちょっと見直したけど、そういう噂はダメ。デマだろうと真実だろうと、あ、真実は言語道断だけど、とにかくよくないわね、苦労するから」

釘を刺される。

一葉は、返す言葉を探しあぐねて曖昧《あいまい》な笑みを浮かべる。ダメも何も、そこまでの関係ではないのだ。

「娘がいらぬ苦労をするのは、お母さん嫌なのよ」

母は心配してくれてるんだと思う。佐知の親と同じだ。もう二十八だというのに未だ親に心配かけるのもどうかと思うが。

目を伏せた一葉に、母は急に猫なで声になる。

「元気出しなさいね。なんならお父さんのツテでいいひと探してあげるから」

「いい、いい。そんなこと」

「遠慮してると行き遅れるわよ」

また声のトーンを厳しくする母。忙しい。

「お母さん、お姉ちゃんだってもう三十なんだよ。放っといてあげてもいいんじゃないの」

「三十だから余計に心配なのよ」

二十八ですと茶巾絞りのラップを締め上げながら一葉は訂正したが、黙殺された。

「ここから、ひとりの家に帰るんでしょ？　寂しいでしょうよ」

「寂しくないよ」

留守番している久太郎を思い浮かべる。

万福荘には久太郎だけだ。柊は東京の実家に、石原も市内にある実家に帰っている。蛯《えび》名《な》母子《おやこ》は温泉旅行だそうだ。

今日は一段と冷える。最低気温がマイナス十℃に迫ると、あちこちから水道管破裂の話が聞こえてくる。水道管に電気ヒーターを巻くか、水道管の水を空にして元栓を閉めるという凍結防止策を講じなければならないのだが、それをせずに長期間留守にしてしまうと大変なことになってしまう。

特に、住人がいなくなるこの時期は、部屋が一層冷え切るため、破裂率が上がる。

帰ってきたら部屋中水浸しになっていたとか、上の部屋で破裂したがために下の部屋まで被害を被《こうむ》る羽目になったとかは、よく耳にする。冬の風物詩、俳句の季語だ。しかも住人不在期間が長くなるとそうなった状態で放置されたままになってしまうので、万福荘では、一葉が残るのを大家は大層ありがたがっていた。

石原は盛岡《もりおか》出身だし、蛯名母子はずっと盛岡住民だから水道の水を下げることは心得ているが、東京出身の柊はそれを知らなかった。そのため、去年は帰省に際して水下げ方法を教えた。水道管は無事だったから、今年もやってくれているだろうが、それでもやはり気にはなる。

圧力鍋の分銅がシュンシュンと蒸気を噴き出してご機嫌に揺れ始めた。

「熱心に、真面目にやってても思いがけない災難は降りかかるものだよ」

父の声は低くて控えめだったのだが、不思議と姪っ子やテレビの音を凌駕《りょうが》して耳に届いた。

普段無口なひとが発言したので、女三人は口を噤《つぐ》んで彼に注目する。

「お父さんはね、彼はいい青年だと思うんだ。嘘ついたり、誤魔化したりは簡単だけども、彼は自分の至らなかった部分も見つめて、まあお父さんは、彼自身に原因があったとは言い難いと思ってるんだけどね、それを正直に開陳《かいちん》した。そして教員を辞めるんでもなく、ひとのせいにしていじけるんでもなく、教員を続けている。なかなかできることじゃないとお父さんは思うんだ。一本信念を持ってるし、度胸があるし、誠実だ」

父が一葉ににこりとした。

一葉は胸がじんとした。

圧力鍋の蒸気が完全に抜け、静かになるのを待ってふたを開けた。

盛大な湯気とともに豆の馥郁《ふくいく》たる香りが広がる。

リビングで遊んでいたちびっこが駆けてきた。

「わーい、くもぉ」

天井に溜まる蒸気を見上げて両手を掲げ、ジャンプする。

柊だったら抱き上げて触れさせてあげるだろう。その姿が脳裏にくっきりと像を結ぶと、一葉は真奈を抱き上げていた。

真奈が歓声を上げて手を伸ばす。優奈が下から、がんばってーと舌足らずな声援を送る。

一葉は目いっぱい持ち上げる。

姪が手を大きく旋回させる。

「わあー！　あったかーい」

ミニお重に黒豆や栗きんとんなどを詰めながら、母が「あーあ、あなたはいつまでひとり分のお重を持ち帰るんだろうねぇ」とぼやいた。

オレンジピンクに染まる夕暮れの下を、市営バスに揺られて久太郎が待つ部屋に帰宅すると、駐車場に柊のクルマがあった。

あれ、と首をひねる。昨日、東京に帰る際、盛岡駅までクルマで行ったはずだった。用はないが、一葉はインターホンを押していた。

ざっくり編んだ分厚い白のカーディガンを着た柊が出てきた。

「おかえりなさい」

と、一葉が言って、柊も、ただいまと返し、それから、一葉さんもおかえりなさい、と目を細めた。

「やっぱこっちは寒いですね。寒さの質がまるきり違って、空気自体が凍ってる。気持ちがいいです。あそうだ」

柊は一旦部屋の奥へ引っ込んだ。

袖で半分隠れた手に、ひよこの絵がついた紙袋を提げて戻ってくると、

「はい、これお土産。ひよこと鳩《はと》サブレです」

と、差し出してきた。

「わあ、嬉しいです。ありがとうございます。あ、これ、実家で作ってきました」

お土産と入れ違いにミニお重を包んだ風呂敷包みを渡す。

「え、いいんですか。一葉さんは」

「私は毎年食べてるんで大丈夫です。実家も圧力鍋を買ったので、あっという間にできたんですよ」

片手に収まるその包みを見て、柊が言った。

「こっちの地域では大晦日に食べることもあるって聞きました」

「地域によって違うんですか？」

「オレの家は元旦に食べますね」

「へえ」

「大晦日ですし、よかったら一緒に食べませんか」


湯たんぽが入ったままのこたつの上には、小さな三段重が広げられている。

黒真珠のようなつやつやした黒豆、黄色が鮮やかな栗きんとん、飴で固めたごまめ、ゼンマイとワラビ入りの味が染みた煮しめ、ふっくら炊けた赤飯、エビフライ、紅白なます。かまぼこやローストビーフ、数の子などは市販品だ。

久太郎は大晦日だというのに、ぶんむくれている。

なんで、めでたい、としのせに、おまえが、ここに、おるんじゃ！　というリズムで、こたつに入っている柊の背中をキュウリのぬいぐるみで殴りつけている。柊は若干引きつりながら肩をすくめて、久ちゃんはいつでも元気だなあと感心している。

久太郎を柵の中に入れようとしたら、柊が大丈夫ですよ、と言ったので、お言葉に甘えて丸出しなのである。

久太郎はかんだりはしない。それは去年の四月から徐々に慣れてきた柊もよくよく承知しているようだ。久太郎はただ、除夜の鐘のようにぬいぐるみを柊に打ち込み続けるだけである。

「一葉さん」

柊に呼ばれた時、一葉は食器棚から箸と、器市で手に入れた胡粉《ごふん》色の器を取り出そうとしていた。先日雑貨の店で買ったペアのブナのスープボウルも並んでいる。ペアが増えていくなあと眺めていた一葉は、名前を呼ばれてシャキッとした。

「なんでしょう」

「裁縫道具借りていいですか?」

柊が手にしているぬいぐるみは、縫い目があみだくじみたいにガタガタで、すっかり開いてしまっている。一葉が縫うとすぐにこうだ。

久太郎が、なにするの、なにするの、というように落ち着かない様子で鼻先をぬいぐるみに向けている。それでも奪い返そうとはしない。

箸と器をこたつに並べると、一葉はキャビネットの扉を開ける。

小さな裁縫道具箱と金継《きんつ》ぎの道具箱がある。金継ぎの出番はまだない。でもいずれ使うことになるだろう。修理するのも、修理したことによって別の顔が見られるのも、楽しみだ。

裁縫道具を渡すと、柊は針に糸を通してぬいぐるみを直し始めた。

俯いて黙々と縫うその姿に、マリーさんが重なった。去年の今日はこの世にいてくれたマリーさん。

耳を澄ますと、針が布を通るかすかな音を聞き取れる。

生地は透け、綿も少なくなっていてぬいぐるみはへたっている。もうそろそろ、修繕も限界かもしれない。

柊の頭に、綿が乗っかっている。

「爽太さん、頭に綿を乗せてらっしゃいますがどういう経緯で」

「落ちてきたんですよぬいぐるみが」

説明といえば、上の空のそれだけである。

勢い余って久太郎の口からぬいぐるみが跳ね飛んだのかもしれないと想像すると、おかしくて仕方ない。

柊の頭に手を伸ばして綿をつまみ取る。柊は手も止めないし、そもそも気づいてもないよう。なんだかいたずらが成功したような気がする。

綿を手元近くに差し出すと、あ、こんなところに綿が、という感じで一葉を一瞥もせずに受け取り、詰めていく。彼の気を散らさずにサポートできたことに、一葉は満足する。

久太郎は身を乗り出して柊の手元を覗き込んでいる。時々、柊の顔をじっと見上げる。

どうも彼は一点集中型で、そうなると、他に神経を配分できなくなるたちなのか、怖がることがない。

糸を切って、入念に縫い目を馴染ませる。

「はいできた」

久太郎にそろそろと伸べる。裁縫を終えたら苦手意識が復活したらしい。

ぬいぐるみを目で追った一葉は、そのできに舌を巻く。

「ありがとうございます。すごい。縫い目が見えないです」

「糸がはみ出てると、牙とか爪が引っかかって怪我をするかもしれないので」

「なるほど。家庭科の授業みたいです」

「そうですか？　将来は家庭科の先生になろうかな」

久太郎が柊の背中にバシバシ当てる。柊は身を固くして俯きがちに耐える。

「これはツッコミでしょうか」

尾をブンブン振っているのを見た彼は「いや、ありがとうって言ってるのかな」と好意的に捉《とら》え直す。一葉は殿様が家老の功績を褒めるように「でかした」と嘉賞《かしょう》しているらしいと見抜く。もっとも、これは黙っていた。黙ってほほ笑んでいた。

それからこたつの上を見回して、器よし、箸よし、あとはお吸い物と……と指差し確認していく。

「あ、雪」

柊が腰を上げた。ぬいぐるみを打ちつけていた久太郎は、突然の空振りに勢い余って一回転した。

柊が掃き出し窓の前に立つ。

一葉も並んだ。

夕日に染まる大粒の雪が降っていた。桃色と蜜柑色が混じり合った雪が桜の木にふんわり積もっていく。

冬至を過ぎてから少しずつ日が長くなってきた。北国の人間は、冬至を境に気持ちが前向きになる。

「昨日東京に帰ったばっかりで、もう戻ってきてよかったんですか？　一泊だけなんて、ゆっくりできなかったんじゃないですか？」

「一泊で十分。それより早く戻りたかったんですよ」

「あら～すっかり二度泣き橋ですね」

「開運橋《かいうんばし》のいわれですか。まあ盛岡も好きですけど」

一葉は閃《ひらめ》く。

「気になってたんですね？」

柊がまばたきする。

「水道、怖いですからね。でも下げていったのなら大丈夫なんですよ」

「気になったのは水道じゃないです」

柊は顔をくしゃりとさせた。

そうでしたか、と一葉は窓の曇りを拭う。

柊の顔の前の窓ガラスも曇っているので手を伸ばして拭う。ふと、この曇りの高低差はどれくらいあるのだろうと目測する。視線を感じて隣を見れば、柊と目が合った。

あの場面が脳裏によみがえってきて、

「……爽太さん、姪が泊まっていった日のこと覚えてますか？」

頭の中だけで問いかけたつもりが、自分の耳にしっかり届いたものだから、我に返って赤面した。あれは歯磨き粉がですね、指を突っ込んでしまいましてね、と頭に浮かぶも言い訳はしたくない。

「ええ、覚えてますよ」

柊も目元を緩める。穏やかな笑みは一葉のこそばゆさを溶かした。

柊が顔を寄せてきた。一葉は引き寄せられるように身を乗り出す。

柊の手が一葉の腰を支えた。一葉は彼の腕に手を添える。

軽く伏せられた彼のまぶたは、やっぱり綺麗な奥二重だと思いながら、目を閉じる。

柊とのキスは、切なさと安らぎがあった。

キスのあとで、ふたりは同時にくつろいだ笑みを浮かべた。

窓の向こうの桜の木には、いつの間にか結構な量の雪が積もっていた。

夕日は時間と共に色濃くなり、桜の木の雪もそれと共に色が変わる。

「東京は降ってました？」

「さっぱり。道路も乾いてましたよ」

「全く違うんですねえ。遠いですねえ」

一葉がしみじみ呟くと、だからさっさと戻ってきたんです、と柊の手が顎に添えられ、上向かされる。

再び唇が重なる寸前、柊の頭にキュウリのぬいぐるみがヒットした。

「いっ」

「あっ」

それは、高く跳ね上がり天井に当たって再び柊の頭の上で弾んで床に落ちた。

柊が頭を押さえる。一葉が視線を巡らすと、久太郎が上目づかいでじーっと見ていた。

固唾《かたず》を呑《の》んで見下ろすふたりを前に、久太郎は落ちたぬいぐるみを拾いに行って、その場でブンブン振り回し始めた。

ビリッ。

ぬいぐるみが音を立てて破れ、綿が飛び出て雪のように舞った。透けていた生地が散り散りに裂け、これもまた宙を舞う。

久太郎はぽかんとした。目をまん丸く見開いて口を薄く開け、耳をぴんと立てて固まっている。犬のぽかん顔は、めったに見られるものではない。

「あ～、空中分解しちゃった」

「これはもう直せないな」

一葉は、散った綿をひとつひとつ拾い集める。柊も手伝ってくれる。久太郎がそれをじっと見守っている。

集め終わると、キャビネットの中の木箱を取り出す。器市で買った器が入っていた箱だ。これにバラバラになったぬいぐるみを収める。柊からも受け取った。そして新しいほうを出してきた。

「こっちにしよう久ちゃん」

久太郎はそれに鼻を寄せる。

「古いほうにはね、今までありがとうって言ってさよならしようね」

久太郎は、箱の中の残がいを見やって、それから、新たなほうをそっとかじった。よそよそしさはあるが、時間がたてばこれまで通り宝物にしてくれるだろう。

「さて、おせちを食べようか」

久太郎はぬいぐるみをくわえたまま、いそいそとこたつに向かう。

この子は切り替えが早い。サスペンスドラマのクライマックス・崖《がけ》っぷちシーンでいきなりＣＭに切り替わるほど、早い。

一葉はお吸い物を用意しようとキッチンへ行って湯を沸かす。

「爽太さん、インスタントのお吸い物なんですけど、いいですか？」

「何でも。何か手伝います」

一葉はお吸い物の顆粒《かりゅう》をスープボウルに振り入れ、カンカンに沸いた湯を注いだ。

そばに来た柊がお茶を淹《い》れてくれる。

おせちをつまみ始めると、久太郎に何やら高い声で催促された。一葉は黒豆をぽっちり与える。久太郎はペロリと平らげ即座に催促する。三回繰り返す。

「久ちゃん、味が濃いからそろそろごちそうさまだよ。あとはドライフードを食べようね」

久太郎はキュウキュウと甘え鳴きを試みるが一葉は頑として与えないでいると、今度は柊に近づき、その腕をちょいちょいとかき始めた。よこせ、という催促である。一葉は目を見張った。そういう仕草をするのは、気を許した相手にしかしないのだ。

柊はビビっていたが、一方で嬉しいらしく、煮しめのゼンマイをつまみ上げた。手で与えるのは恐ろしいようで、リビングの隅にあるエサ皿を取ってきてそれに入れて差し出す。

久太郎は山菜を当たり前のように食べた。柊は眉を上げる。もっとよこせ、と久太郎が腕をかくので、ワラビや油揚げなどを次々与えていく。エサやりの楽しさに目覚めたようだ。

さらに与えようとしたところ、一葉はストップをかけた。

「爽太さん、そのへんでおしまいにしましょう」

「あ、はい。おしまいだって」

柊が久太郎に伝達する。

久太郎はある程度満足したらしくそれ以上は催促することなく、ぬいぐるみをくわえて柊の背中をバシバシ叩き始めた。食後の腹ごなしらしい。

柊は、おせちをつまみながら、叩かれるままにはいはいと返事をしている。

そんな彼らを見て、うちもかなり賑やかだ、と一葉は思った。


春の空はぼんやりと霞んでいる。

その霞みがかかった空に、書ぁけぇまぁせえええん！　と、石原の悲痛な声が響き渡る。

また窓の外に向かって叫んでいるようだ。今日は殊更《ことさら》声の伸びがいいから、相当追い詰められているらしい。

職場のエプロンにアイロンをかけている一葉の周りを、久太郎が走り回っている。

最近この愛犬は、キュウリのぬいぐるみをぶん投げ上げて、拾いに走るという遊びに夢中になっているのだ。

アイロンをかけ終わって、エプロンを畳む。アイロン台の足を畳んで壁とキャビネットの隙間に立てかける。アイロンは久太郎が届かないキャビネットの上に置く。

「そろそろ十時のおやつにしようか」

声をかけ、立ち上がった。

愛犬はぬいぐるみをくわえたままパッと振り向く。「おやつ」はこの世の中で最も美しい言葉百選にエントリーすると思っている節のある犬である。何を食べよっかなあ、と歌う一葉を見上げながら、何を食べよっかなあ、と弾む足取りでついてくる。

「久ちゃん、前、気をつけて。ぶつかっちゃ」

注意するや否《いな》や、久太郎は半分閉まっていた引き戸に頭をぶつけた。前足で不器用そうに頭をこするので、痛くない痛くない、となでてやる。

久太郎は立ち直りが早い。ヘマしたことなんてなかったかのように——いや、ぶつけた場所が場所だけにすっかり忘れたのかもしれない——頭を振って口角の上がった顔で一葉を見上げるとキッチンへ体を向ける。そして一葉を振り返る。尾を振る。目指すのは冷蔵庫。

冷蔵庫にキュウリがあることは忘れていないようなので、頭のほうは大丈夫なようだ。

インターホンが鳴った。

キュウリは待ってもらって、先に玄関を開けると、立っていたのは佐知だ。昨日、田中の菜園に行ってみると言っていた。

「畑をやるにはこの服装でいいですか？」

両手を広げてみせる。この時点でつばの広い紐つき帽子に、軍手をつけている。長袖、デニム。長靴。長靴は空が映るほどピカピカで、サイズのシールがまだつま先に貼ってあった。

「バッチリ」

キュウリのぬいぐるみをくわえた久太郎も一葉と並んで見上げている。佐知が「久ちゃん、それ大好きなんだねえ。よかったねえ」となでると、久太郎はふんふん鼻を鳴らして愛想よく尾を振る。

大家からその電話を受けたのは年明けだった。

『田中さんね、無事に引っ越し終わったよ』

マリーさんが住んでいた古民家に移ったという。新たに就職した小さな会社は、田中より若いひとが上司で、彼から毎日新しい知識を得たり、新しいソフトの使い方を教わったり、また、自身も仕事のコツや取引先との交渉の仕方を教えたりして、張り合いがあるという。うまい酒が飲めてます、という顔が明るかったそうだ。

『春になったら畑をやってみるって張り切ってた。一葉ちゃんと柊さんによろしくってさ』

佐知の背後で、路地に鼻を向けた母親のクルマがエンジンをかけて待機している。

「あたしを送り届けたら帰るって」

そう言ってから、佐知は身を引いて一葉と久太郎をしみじみと眺めると口に手の甲を当てて笑った。

「なんだか、並んでるふたり、親子みたい」

一葉は久太郎を見下ろす。久太郎は一葉を見上げていつもの笑顔を向ける。

一葉は破顔した。

「じゃ、いってきまーす」

「いってらっしゃーい」

クルマへ駆けていく佐知は、空色のコンパクトカーの運転席にハンディクリーナーをかけていた柊にも、いってきまーすと声をかける。柊が上半身をクルマに入れたまま、おう、と送り出す。

「爽太さん、こんにちは」

一葉が声をかける。

振り返った柊が、一葉の背後に視線を向けて、あ、と表情を明るくした。

一葉も振り返る。

柊が注目していたのは桜の木。


「お母さんも一緒？」

一輪二輪と花が咲いている。

「無事に咲き始めましたね」

「よく見ると蕾《つぼみ》もたくさんついてます」

「満開になったらさぞや勇壮なんでしょうね」

一葉は、見上げた空いっぱいの桜を想像して言った。

「勇壮ですか。絢爛《けんらん》じゃなく」

「逞しいですもん」

「確かに。去年は枝刈りがあって、桜にとっては頑張り時でしたもんね」

その上で凍てつく冬を乗り越えた桜は、目を覚まし、顔を上げるように、可憐《かれん》で楚々《そそ》としながらも一本貫く強さとひたむきさで、今年も花を咲かせ始めた。

※この作品はフィクションです。実在の人物・団体・事件などにはいっさい関係ありません。

集英社オレンジ文庫をお買い上げいただき、ありがとうございます。
ご意見・ご感想をお待ちしております。

● あて先
〒101-8050　東京都千代田区一ツ橋2-5-10
集英社オレンジ文庫編集部 気付
高森美由紀先生

柊先生の小さなキッチン
～雨のち晴れの林檎コンポート～

集英社
オレンジ文庫

2021年9月22日　第1刷発行

著　者　高森美由紀
発行者　北畠輝幸
発行所　株式会社集英社
〒101-8050東京都千代田区一ツ橋2-5-10
電話【編集部】03-3230-6352
【読者係】03-3230-6080
【販売部】03-3230-6393（書店専用）
印刷所　凸版印刷株式会社

ISBN 978-4-08-680406-6 C0193